LA DOT DE SUZETTE

Imp. Générale, Ed. GRANCE,
Saint-Denis-sur-Seine

J. FIEVÉE

LA
DOT DE SUZETTE

PARIS
DIDIER ET MÉRICANT, ÉDITEURS
1, RUE DU PONT-DE-LODI, 1

LA DOT DE SUZETTE

Je suis née à Saint-Domingue. A dix ans, mon père me fit passer en France, pour y recevoir une éducation que la fortune la plus considérable ne lui aurait pas permis de me donner près de lui; car ma naissance avait coûté la vie à ma mère; et, dans ces climats brûlants, les hommes vivent d'une manière si libre avec leurs esclaves, que mon père craignit sans doute pour moi l'effet des premières impressions, toujours si dangereuses dans la jeunesse. Nous avions des parents à Paris; ce fut chez eux que je descendis ainsi que mon frère, qui m'accompagnait dans ce voyage, et qui était alors âgé de vingt-cinq ans.

Après quelques jours de repos, et quelques semaines sacrifiées à voir tout ce qui, dans Paris, pouvait amuser une enfant de mon âge, je fus mise au couvent. J'ai souvent entendu crier contre l'éducation qu'on y reçoit. Pour moi, j'aurais tort de m'en plaindre, et jamais je n'oublierai la reconnaissance que je dois à la sœur Sainte-Ursule. J'ai perdu tout ce que la fortune m'avait donné; je conserverai toute ma vie le fruit des leçons de cette femme respectable. En entrant au couvent, je ne savais rien, pas même lire; mais je n'ignorais point que j'étais jolie, la prodigalité de mon père à mon égard ne pouvait non plus me laisser ignorer que j'étais riche. J'avais l'habitude de commander, et ne croyais pas que je pusse obéir; en un mot, j'étais trop occupée de moi pour n'être pas insupportable à tous les autres.

A peine étais-je au couvent depuis un mois, que toutes mes compagnes me détestaient; cela m'était indifférent. Je ne sentais pas le besoin. Mes fantaisies, depuis mon enfance, ayant toujours été prévenues, je n'avais pas encore éprouvé la moindre émotion de sensibilité, même pour mon père. Il me gâtait, et je ne l'aimais pas véritablement; c'est l'usage. Trop de condescendance produit sur les enfants le même effet que trop de sévérité. Par une conséquence naturelle, j'avais à la fois beaucoup de respect et d'attachement pour mon frère, le seul être qui jusqu'alors n'avait pas voulu se soumettre à mes caprices. Il vint me voir, et je lui demandai à quitter le couvent, qui m'ennuyait à la mort. Il me parla raison, je pleurai; il me quitta : je suffoquais de rage et de dépit.

C'est dans cet état que je rencontrai la sœur Sainte-Ursule; elle prit pitié de moi. Je sentais pour la première fois le besoin d'être consolée; elle s'y prêta avec tant de douceur, mêla à ses consolations des raisonnements si solides et si à la portée de mon intelligence, qu'aimer et réfléchir furent pour moi l'affaire d'un moment. Je m'abandonnai à ses conseils. La crainte de lui déplaire l'emportait sur la crainte de ses reproches, lorsque je les avais mérités. Que vous dirai-je? dans l'espace de trois mois, je regagnai l'amitié de mes compagnes, je méritai les soins de mes maîtres, que jusqu'alors je croyais trop heureux d'être payés pour ne me rien apprendre; je m'attirai l'attachement de la gouvernante que l'on m'avait donnée, et qui plusieurs fois avait voulu me quitter parce que je la battais. A douze ans, le temps perdu pour mon éducation était en grande partie réparé. Mon frère applaudissait à mes progrès, au changement de mon caractère; la sœur Sainte-Ursule en jouissait, c'était son ouvrage : elle mit de l'amour-propre à le perfectionner, et m'inspira chaque jour plus d'émulation et plus de modestie. En un mot, j'avais seize ans quand on me parla, pour la première fois, d'abandonner le couvent; cette nouvelle me fit de la peine. J'aimais l'étude, et surtout la retraite : non que la sœur Sainte-Ursule m'eût fait envisager la religion comme incompatible avec le monde ; la bigoterie était au-dessous de ses idées; elle savait fort bien que j'étais destinée par ma famille à vivre dans la société, et la piété qu'elle m'inspira était aussi solide qu'éclairée. J'ai connu la douleur, et c'est alors que j'ai senti combien la force que l'on cherche dans le sein de la Divinité est au-dessus des consolations humaines. La religion serait née du malheur, si les âmes sensibles n'en eussent puisé le besoin dans la reconnaissance.

J'aurais désiré prolonger mon séjour au couvent; mais cela n'était pas possible. Mon frère était à la veille d'épouser une riche héritière de Saint-Domingue ; elle était venue elle-même avec sa mère me faire une visite, et me témoigner le désir que j'acceptasse un appartement chez elle. En sortant du couvent pour assister à ses noces, je ne devais plus y rentrer. La sœur Sainte-Ursule, malgré le chagrin que lui causait notre séparation me félicitait la première de cette occasion de connaître le monde avant de m'y engager. « Ma chère enfant, me dit-elle, ce n'est pas notre faute si nos élèves profitent si rarement des soins que nous prenons pour les former. Presque toujours elles ne quittent nos paisibles retraites que pour devenir épouses ; ce passage trop prompt d'un état d'ignorance sur la société à un état qui en prescrit les devoirs les plus sacrés, nuit également aux vertus que nous leur avons inspirées et à celles qu'il leur conviendrait de cultiver. La piété, les talents, la modestie, sont utiles dans toutes les situations de la vie. Notre devoir est de les enseigner ; mais j'ai souvent pensé que c'était à l'expérience et à la réflexion de faire naître sur le monde des idées qu'il nous est impossible d'avoir, et qu'il nous serait difficile d'expliquer, quand nous les aurions. Profitez donc d'une occasion aussi favorable ; essayez votre liberté avant de la soumettre au joug de l'hymen ; connaissez les plaisirs, afin de les apprécier et de savoir les subordonner à vos devoirs ; et vous deviendrez, si le Ciel le permet, aussi bonne épouse, aussi respectable mère, que vous avez été élève intéressante et docile. »

J'allai demeurer chez mon frère, et j'eus le loisir de vérifier la bonté des conseils de la sœur Sainte-Ursule. Les premiers mois de son mariage me firent regarder cet état comme le plus heureux. Ce n'étaient que fêtes, assemblées, prévenances de part et d'autre ; ils ne pouvaient se quitter un seul instant sans chagrin, se rejoindre sans plaisir. Peu à peu la première ardeur se ralentit ; ils se persuadèrent qu'ils ne s'aimaient plus, parce qu'ils avaient cru follement qu'ils s'aimeraient toujours et de la même manière.

Mon frere avait pris l'habitude de céder à toutes les volontés de sa femme, quand il n'en avait d'autres que les siennes ; il parut bizarre et tyrannique quand il voulut faire des représentations. On se boudait, et le raccommodement tournait toujours au profit de l'autorité de ma belle-sœur. Malheur à l'homme imprudent qui commence à vivre avec son épouse comme avec une maitresse ; il risque la tranquillité du reste de sa vie. Des symptômes de grossesse mirent de nouveau mon frère aux genoux de sa femme ; une chute de cheval qu'elle fit, par une imprudence impardonnable dans sa position, lui ravit à la fois la santé, son enfant et l'amitié de son époux.

Nous apprîmes à cette époque la mort de mon père, et notre maison, naturellement triste depuis que la division s'y était glissée, le devint encore davantage. Mon frère avait évité de me laisser apercevoir le fond de son âme ; mais, en nou-

occupant d'une douleur qui nous était commune, il ne put résister à me confier ses chagrins particuliers. Je n'hésitai pas à blâmer sa conduite ; car ma belle-sœur avait des qualités essentielles, un cœur excellent. Il l'avait perdue par trop de complaisance, il pouvait l'éloigner entièrement par trop de froideur et de sévérité. Mes réflexions le touchèrent, et j'eus la satisfaction de rendre à ces époux, qui m'intéressaient vivement, une tranquillité qui depuis ne fut jamais troublée. Ma belle-sœur, qui n'ignora point la conduite que j'avais tenue, et qui jusqu'alors m'avait plaisantée sur ce qu'elle appelait l'austérité de mes principes, me fit moins de démonstrations d'amitié et m'aima davantage.

Les hommes qui formaient notre société me répétaient souvent que j'étais belle, et savaient fort bien que j'étais une riche orpheline. Une habitation de soixante mille livres de revenu formait une dot qui eût donné des adorateurs à la femme la plus dépourvue d'attraits et de talents. Mais j'avais tellement pris l'habitude de réfléchir sur les devoirs de chaque état, que le mariage m'inspirait une sorte d'effroi. On me pressait de faire un choix, j'hésitais sans cesse ; et l'on m'accusait de coquetterie, quand il est vrai que je n'étais coupable peut-être que de trop de timidité.

Mon frère avait pour ami M. de Senneterre, homme de beaucoup de mérite, d'un grand nom, et dont la fortune, d'ailleurs peu considérable, était encore grevée de dettes assez fortes, que son père avait laissées en mourant. L'intimité qui régnait entre lui et mon frère était telle, que M. de Senneterre se trouvait le seul homme près duquel ma belle-sœur et moi nous fussions hors de toute cérémonie. Avec un esprit cultivé, une figure mâle, une tournure très noble, il avait tant de bonhomie, que nous le traitions comme un parent pour qui rien n'était caché. Ajoutez qu'il aimait depuis longtemps une femme charmante que ses parents avaient forcée d'épouser un vieillard, et qui, devenue veuve, n'attendait que le temps prescrit de la bienséance pour couronner son amour; que cette femme était de notre société; et vous ne serez pas étonné que ma belle-sœur et moi nous eussions pris l'habitude de regarder en frère un des plus beaux cavaliers de Paris. Souvent aussi il me sollicitait de former un engagement; nous passions en revue tous mes courtisans: il riait des remarques que je faisais sur leur caractère, m'accusait d'être trop difficile, et me prédisait gaiement que je finirais comme la fille dont parle le bon La Fontaine. Avec la même gaieté, je me moquais de sa prédiction en l'assurant que je me déciderais lorsque je trouverais un homme qui lui ressemblât, ou que, dans l'impossibilité, j'attendrais à mon tour qu'il devînt veuf.

Je le dis aujourd'hui où je pourrais, sans rougir, convenir du contraire, je n'avais alors nul amour pour M. de Senneterre; je l'estimais, parce qu'il était impossible de ne pas lui rendre justice; mais, s'il eût été capable d'abandonner pour moi une femme à laquelle il avait témoigné un attachement si constant, j'aurais perdu de lui l'idée que je m'en étais formée, et il eût été le dernier homme auquel j'aurais uni ma destinée.

Ce fut au contraire sa constance dans sa première inclination qui le rendit mon époux. Il eut le malheur de voir mourir presque subitement la femme qu'il aimait: sa douleur fut si vraie qu'elle me pénétra l'âme. C'était chez nous seulement qu'il venait chercher des consolations; nous lui parlions avec tant d'intérêt de la perte qu'il avait faite, nous mêlions si sincèrement nos éloges a ceux dont il honorait la mémoire de cette femme encore aimée, nous écoutions avec tant de complaisance ce qu'il répétait sans cesse avec tant de sensibilité, que nous parvînmes à modérer son chagrin en le partageant. C'est la seule manière dont les cœurs profondément affectés puissent être consolés. Je m'aperçus bientôt que je réfléchissais involontairement sur le bonheur promis à la femme assez heureuse pour toucher M. de Senneterre; je ne croyais pas qu'il pût aimer avec la même violence; mais je sentais que son amitié serait plus précieuse pour moi que l'amour si incertain d'un autre époux.

Les chagrins cruels que j'ai éprouvés depuis n'ont pu effacer de mon cœur les impressions qui décidèrent du reste de ma vie. A peine fus-je convaincue des sentiments que m'avait inspirés M. de Senneterre que je mis dans ma conduite avec lui autant de réserve que jusqu'alors j'avais déployé de franchise. Ce changement le frappa, et, bien loin d'en deviner la cause, il se plaignit à mon frère du sort qui lui enlevait presque en même temps et l'objet de l'amour le plus constant, et les consolations d'une amitié dont il s'était fait une si douce habitude. Craignant de m'avoir déplu sans le vouloir, il me pressait souvent de lui faire connaître ses torts, me protestant que rien au monde ne lui causerait plus de peine que la perte de mon estime. Ses paroles étaient si douces, ses regards si attendrissants, que la peur de me trahir par trop de sensibilité augmentait la froideur de mes réponses; et si j'eusse effectivement eu à me plaindre de lui, je n'aurais pu le traiter d'une autre manière que je le faisais alors. Ses visites devinrent plus rares, et ma sévérité plus grande ; le chagrin que me donnaient ses absences ajoutait à mon amour et à la crainte qu'il ne le devinât. Heureusement, mon frère m'arracha mon secret, le trahit, et M. de Senneterre, qui seul pouvait me rendre heureuse, eut peine à se persuader qu'avec tous les avantages que m'avaient prodigués la nature et la fortune, j'eusse fixé mon choix sur lui que j'avais connu prêt à s'unir à une autre femme, moi devant qui ses regrets avaient éclaté sans contrainte. Il ne soupçonnait pas que la vérité de sa douleur était la première cause de mon amour. Et pourquoi ne s'attacherait-on pas à l'homme dont la sensibilité a été éprouvée, quand nous voyons chaque jour tant de femmes unir leur destinée à des êtres qui se font honneur de la multiplicité de leurs liaisons, et pour qui le mariage n'est souvent qu'une conquête nouvelle et passagère comme les autres ? Si je n'ignorais pas que M. de Senneterre m'avait préféré une femme dont il chérissait sans doute encore la mémoire, du moins étais-je persuadée qu'il ne me donnerait pas de rivale.

Mon frère était trop satisfait de s'attacher par les liens du sang le meilleur de ses amis, pour ne pas presser notre mariage ; j'avais dix-neuf ans lorsqu'il se fit. Je n'attendais de M. de Senneterre qu'une amitié qui seule eût satisfait mon cœur, et je trouvai en lui un époux tendre et prévenant, un guide éclairé, un ami sincère. Préjugeant assez bien de moi pour croire que les plaisirs du monde ne pourraient seuls m'occuper, il m'admit à l'administration de ses affaires, que la dissipation de son pere avait extrêmement dérangées. Nous fîmes ensemble le voyage de ses terres, nous satisfîmes une partie des créanciers; et, après avoir pris des arrangements avec les autres, nous montâmes notre maison à Paris convenablement à notre fortune. Une société choisie, une intimité plus aimable encore, le bonheur de mon frere et de son épouse, ajoutaient à ma félicité. Le Ciel, qui jusqu'alors m'avait prodigué ses faveurs, y mit le comble : je devins mère; la joie de M. de Senneterre surpassait la mienne : nous avions un fils.

Comme je voulais nourrir, je partis pour une de nos terres aussitôt que je le pus sans danger : grâce à la vie que je menais, loin que mon fils m'épuisât, ma santé devint parfaite, et je perdis beaucoup de cette délicatesse extrême qui m'avait presque toujours forcée à un régime désagréable à mon âge.

Je fus près de deux ans éloignée de Paris, ne regrettant dans cette ville que mon frère et son épouse, qui avaient eu la complaisance de venir passer avec moi le temps que M. de Senneterre

— J'aime Suzette malgré moi.

avait été forcé de me quitter : il était au service. Ma belle-sœur enviait mon bonheur, j'étais mère ; et, soit dispositions naturelles, soit l'effet de la chute qu'elle avait faite étant enceinte, elle commençait à désespérer d'avoir des enfants. Effectivement, elle n'en eut jamais. Sa tendresse et celle de mon frère se portaient sur mon fils dont la force m'étonnait moi-même. Heureux temps ! il n'est pas un des jours dont vous êtes composé, qui ne fasse époque dans mon âme. La mémoire qui naît de toutes les sensations d'une mère ne peut jamais s'affaiblir.

Je passerai sur dix années de ma vie, qui ne furent qu'un instant de bonheur sans mélange. M. de Senneterre me faisait bénir sans cesse le jour où je l'avais connu ; mon fils croissait et s'élevait sous mes yeux. Son éducation, à laquelle son père présidait, me donnait l'espérance qu'il lui ressemblerait en tout. Nous n'avions à craindre en lui qu'une fermeté de caractère bien étonnante à son âge, et une vivacité qui le portait également au mal comme au bien, mais qui pouvait être dirigée avec précaution. M. de Senneterre me reprochait quelquefois trop de condescendance ; je lui reprochais à mon tour trop de sévérité. Mon frère, qui regardait son neveu comme son héritier, accusait mon époux et moi de le tourmenter pour des sciences auxquelles il attachait moins de prix qu'aux caresses de cet enfant; bref, nous l'aimions tous à notre manière; il était le sujet de nos plaisirs, de nos conversations, de notre amour et de nos espérances.

J'avais plus de trente ans, et je n'avais pas encore connu le malheur. Le premier chagrin vif que j'éprouvais eut lieu lorsqu'il fallut me séparer de mon frère auquel j'avais tant de motifs d'être attachée. En apprenant que le régisseur général de nos habitations était mort, il crut que l'ordre de nos affaires, la sûreté de notre fortune exigeaient sa présence à Saint-Domingue. Depuis longtemps son épouse désirait de retourner dans ces contrées pour lesquelles elle avait conservé des souvenirs agréables. L'occasion était décisive, ils partirent. Cette séparation me brisa le cœur. Ma société intime, presque réduite à ma famille, se trouvait diminuée de ceux qui en faisaient le charme le plus précieux, un pressentiment involontaire me répétait sans cesse que je ne les verrais plus. L'amitié de mon époux, les caresses de mon fils, qui touchait alors à sa treizième année, adoucissaient mon chagrin, sans pouvoir le dissiper entièrement.

Six mois après ce départ, M. de Senneterre tomba malade si dangereusement que sa convalescence ne fut, pour ainsi dire, qu'une pente douce qui le conduisit au tombeau, et qui me livra, pendant deux ans, au supplice cruel de regarder chaque jour comme le dernier de sa vie. Sa poitrine était restée affectée, il changeait sensiblement ; les médecins me donnaient une espérance qu'ils ne conservaient pas eux-mêmes ; et M. de Senneterre, qui sentait sa fin approcher, rassemblait toutes ses forces pour me dérober sa douleur, et dissimuler des souffrances que ma sensibilité n'aurait fait que lui rendre plus insupportables. Il se leva jusqu'au dernier jour, et, malgré mes remontrances, il passait une grande partie de son temps à écrire. Ce modèle des époux et des pères, persuadé que la mort allait saisir sa proie, voulait encore se survivre pour veiller sur sa femme et sur son fils. Il m'adressait des consolations pour le temps où il ne serait plus, me traçait la conduite que je devais tenir pour achever l'éducation de notre enfant, laissant pour lui une lettre qui me fut remise sans être cachetée ; il avait abandonné à ma prudence le choix de l'époque où je pourrais en faire usage avec sûreté.

C'est au milieu de ces soins touchants, qui prouvaient si bien la bonté de son âme, que la mort le surprit. Il expira dans mes bras. Je n'ai jamais su ce que je devins à ce moment cruel : je me rappelle seulement qu'en reprenant l'usage de mes sens, je me trouvai dans mon lit, entourée d'une partie de ma famille et de celle de M. de Senneterre; qu'on me défendit impérieusement de parler, et que j'eus à combattre pour obtenir du moins qu'on ne me séparât pas de mon fils. L'aimable jeune homme! il était le seul dont le cœur fût d'accord avec le mien; il me suppliait à genoux de lui conserver sa mère; mais il n'avait pas la barbarie d'exiger que je ne prononçasse pas sans cesse le nom de son père. Nous le répétions ensemble, ensemble nous pleurions; nos larmes, nos baisers se confondaient, et, si ces terribles élans de sensibilité augmentaient notre douleur, je suis persuadée qu'ils nous sauvèrent du désespoir.

Aussitôt que je pus me soutenir, je me fis conduire au couvent où j'avais été élevée. Les exhortations de la sœur Sainte-Ursule, la liberté de gémir aux pieds des autels, et les caresses de mon cher Adolphe, me rendirent le courage de vivre et de m'occuper de ses intérêts. Par son testament, M. de Senneterre m'avait nommée tutrice de notre fils, et lui avait donné pour curateur un grand-oncle qui vivait dans une de nos terres, et qui n'avait pour toute fortune qu'une longue probité, une vieillesse aimable, des cicatrices, la croix de Saint-Louis et douze cents livres de pension. Ces dispositions ne parurent pas convenir à la famille de M. de Senneterre; mais elles me confirmaient davantage dans l'estime que je devais à mon époux. En effet, l'oncle qu'il avait donné pour curateur à notre Adolphe eût été digne de présider à l'éducation d'un prince; c'était lui qui avait élevé M. de Senneterre, dont le père était trop dissipé pour veiller sur ses enfants, et je comptais qu'il ne refuserait pas de faire pour mon fils ce qu'il avait si heureusement entrepris pour son neveu. Mon intention d'ailleurs étant de passer quelques années loin de Paris, je choisis celle de mes terres où ce bon vieillard faisait son séjour, persuadée que l'amitié qu'il prendrait pour Adolphe le déciderait à tout, lorsqu'il faudrait le produire dans le monde. Il n'avait encore que quinze ans.

Je m'établis donc de nouveau à la campagne; la solitude, qui convenait si bien à la situation de mon âme, m'en rendit le séjour agréable. J'aurais pour toujours renoncé à Paris, si je n'eusse envisagé de loin la nécessité d'y revenir un jour avec mon fils, pour qui seul je trouvais du plaisir à vivre, et auquel je vouai mon existence entière, bien décidée à sacrifier mon goût pour la retraite lorsqu'il pourrait nuire à son avancement ou me séparer de lui. C'est là qu'avec l'oncle de M. de Senneterre je lus les instructions qu'il avait tracées, dans les derniers moments de sa vie, pour l'éducation de son fils. Les principes étaient conformes à ceux de ce vieillard, et me parurent si lumineux, que travaillant d'accord sur le même plan, nous eûmes la satisfaction de voir Adolphe prendre l'habitude des vertus dans cet âge où les passions viennent souvent combattre les dispositions les plus heureuses.

Je lus alors pour la première fois la lettre que son père mourant lui adressait, et dont il m'avait faite dépositaire ; je la lus en la baignant de mes pleurs, et je formai le projet de ne jamais la lui remettre.

Je voyais peu le monde à la campagne, mais j'en voyais assez pour que mon fils trouvât chez moi, et dans les environs, une société qui l'éloignât de cette timidité taciturne qu'un homme destiné à vivre dans le monde contracte quelquefois s'il en est trop longtemps séparé. Mes jours s'écoulaient ainsi paisiblement entre mes devoirs, mes souvenirs et la douceur de quelques actions généreuses, qui seuls occupaient assez mon cœur pour le distraire momentanément de sa tristesse. Toujours disposée à soulager indistinctement les paysans de ma terre, je donnais aux veuves une préférence dont je sentais par moi-même qu'elles avaient plus besoin que les autres.

Perdre son époux et craindre la misère pour ses enfants me paraissait une situation au-dessus des forces de l'humanité. Je l'ai connue, et le ciel m'a permis de vivre.

Le temps vint où mon fils entra au service ; son grand-oncle eut la bonté de l'accompagner. Ce vieillard, ainsi que je l'avais prévu, s'était si vivement attaché à son neveu, que sa tendresse le disputait à la mienne. Adolphe m'avait promit de m'écrire souvent et dans le plus grand détail ; j'ambitionnais d'être sa confidente, et notre dernière conversation dut lui prouver que si, comme mère, j'étais jalouse des mœurs de mon fils, comme amie, je ne serais pas plus sévère que mon siècle. L'amour du plaisir, si naturel à la jeunesse, ne peut être blâmé que lorsqu'il l'éloigne de ses devoirs, ou l'engage dans des démarches contraires à ses intérêts. Mon fils ne trompa point mon attente ; il se fit aimer de ses camarades, fut de toutes leurs parties sans être de leurs débauches, forma quelques liaisons qui ne purent l'attacher, ni remplir, m'écrivait-il, le vide de son cœur. Toutes ses lettres, dans lesquelles il se peignait sans contrainte, me convainquirent que l'amour ne serait pour lui qu'une passion, et non un amusement. Il était dévoré d'une sensibilité qui cherchait à s'exercer ; c'était l'âme aimante de son père, mais dans un âge où la raison ne compte encore pour rien dans un engagement, ce qui me faisait trembler.

Mon fils, de mes biens et de ceux de son père, était assuré de plus de quatre-vingt mille livres de rentes; et mon frère, qui n'avait pas d'enfants, lui laissait entrevoir une augmentation de fortune qui, jointe à son nom, lui permettait de prétendre à tout. Je n'avais jamais connu l'ambition pour moi; mais j'en avais, je l'avoue, pour le fils unique de M. de Senneterre.

Adolphe fut dix-huit mois à son régiment; il revint au commencement de 178[illegible], et touchait alors à sa vingtième année. Je fus étonnée du changement qu'une si courte absence avait opéré dans toute sa personne. Sa taille s'était développée de la manière la plus avantageuse, et prêtait une grâce particulière à tous ses mouvements; sa figure avait pris un caractère de fierté qui, sans affaiblir la douceur que j'y avais toujours remarquée, inspirait le respect, et me força moi-même à voir un homme dans celui que je n'avais encore regardé que comme un enfant chéri. Ce n'est pas qu'il fût moins tendre pour moi, moins prévenant pour tout ce qui pouvait me plaire; mais l'habitude du monde lui avait appris tout ce qu'il valait. Tout en lui m'offrait un ami dont ma raison se glorifiait; mais je regrettais involontairement les caresses ingénues de mon fils. Il n'y a que le cœur d'une mère qui puisse expliquer les contradictions qu'apporte en nous ce passage de l'adolescence à la virilité, si rapide chez les Français ; et, si nous aimons nos petits-fils jusqu'à l'adoration, ce n'est, sans doute, que parce qu'ils nous rappellent ce temps heureux de l'enfance de leur père, et qu'à la douceur de leurs caresses se joint le souvenir de celles dont nous avions senti la privation.

Je vous ai déjà parlé des bontés que j'avais pour les paysans de ma terre. Pour être parfaitement heureux, il faut que le bonheur se montre dans tout ce qui vous entoure ; c'est un des privilèges de la fortune, et j'en jouissais. Non que je voulusse faire sortir aucun de ces hommes de leur état ; je me refusai toujours aux désirs de ceux qui me témoignaient l'envie de placer leurs enfants à la ville ; je voulais des cultivateurs assez aisés pour aimer le travail, mais non pour regretter de n'être pas plus que le sort ne les a faits. A mon arrivée, j'avais appris qu'une fille, absolument sans ressources à la mort de ses parents, avait été recueillie par des villageois pauvres et déjà chargés d'une nombreuse famille. Cette action méritait une récompense, je m'en chargeai ; je me chargeai aussi de l'enfant, qui avait alors onze ans, et qui s'appelait Suzette. Quand je la vis, je fus tentée d'abandonner les règles de prudence que je m'étais tracées, et de la prendre avec moi. Jamais la nature n'a rien fait de plus beau jamais à la beauté ne se joignit un charme aussi irrésistible que celui qu'on éprouvait en regardant Suzette. La réflexion me défendit de l'intérêt qu'elle m inspirait. Me craignant moi-même, craignant le temps où je serais obligée de retourner à Paris, ville où elle serait livrée à tous les genres de séduction, je me décidai à la recommander au concierge du château, qui, par mon ordre, ne permit point qu'elle sortit de son état, et ne lui fit donner que l'éducation qu'on reçoit dans une école de village. Suzette, qui n'avait jamais ambitionné plus de bonheur, fut docile et reconnaissante, et je n'eus qu'à m'applaudir de ce que j'avais fait pour elle. Toujours modeste, laborieuse, elle grandissait en s'attirant l'amitié de ceux qui veillaient sur elle. Propre dans ses ajustements villageois, sa beauté l'eût fait accuser de coquetterie si la simplicité de ses mœurs ne l'eût défendue de tout soupçon. Elle touchait à sa seizième année, et je pensais à lui trouver un mari que la dot que je lui destinais m'aurait permis de choisir, quand mon fils revint de son régiment.

Il aima Suzette, et l'aima avec une violence dont il serait difficile de se faire une idée ; tous les gens qui m'entouraient s'en étaient aperçus, et moi je l'ignorais encore. Notre grand-oncle n'avait pas cru devoir m'en avertir, parce qu'il regardait cette passion comme un caprice absolument sans conséquence. Je remarquais bien qu'Adolphe était ou très gai ou très mélancolique : tantôt il me pressait de retourner à Paris, tantôt il désirait prolonger son séjour à la campagne ; j'étais loin de soupçonner qu'un regard plus ou moins tendre de Suzette décidât de ses volontés, et j'attribuais son humeur changeante au vague d'une imagination qui ne sait encore où se reposer. Je fus anéantie quand le concierge auquel j'avais confié Suzette, après m'avoir fait demander une audience particulière, me pria de lui ôter cette enfant, ou de trouver les moyens d'empêcher M. de Senneterre de venir aussi souvent chez lui. Je l'interrogeai, et il me fut impossible de douter de l'amour de mon fils.

— Et Suzette, lui dis-je, l'aime-t-elle ?

— Oh ! madame, me répondit cet homme, cela serait bien difficile autrement. M. le comte est si aimable, qu'une jeune fille, dont le cœur est libre, ne pourrait guère s'empêcher de lui répondre ; mais si Suzette l'aime, elle le cache avec soin à elle, aux autres, à votre fils même, car nous n'avons aucun reproche à lui faire. Elle refuse les cadeaux de M. le comte ; et, depuis quelque temps, s'il s'amuse à distribuer chaque dimanche des ajustements à toutes les femmes du château, c'est pour avoir le plaisir de forcer Suzette à se parer de ses bienfaits. Il la gronde quand elle ne porte pas ce qu'il lui a donné; il l'accuse de fierté, d'ingratitude; il s'emporte tant contre elle, que souvent nous la voyons rentrer en pleurant. Et puis M. le comte arrive pâle et tremblant, il lui parle avec bonté; cette pauvre Suzette pleure encore plus fort; votre fils se désespère; et Suzette ne le renvoie consolé qu'en lui promettant bien de ne plus passer dorénavant un seul jour sans s'ajuster de ce qu'elle a reçu de M. le comte. Elle n'ose plus sortir, parce qu'elle craint de le rencontrer; et, quand il a passé la journée sans la voir, nous sommes sûrs que le soleil couchant l'amènera chez nous. Il nous parle avec bonté de notre femme, de nos enfants, nous accable de bienfaits; mais il regarde toujours Suzette. Si elle reste, il parvient à l'approcher, à lui dire tout bas bien des choses auxquelles elle ne répond que par oui et par non; si elle sort, il la suit, et Suzette ne rentre jamais sans avoir les couleurs les plus vives, et sans se plaindre d'être bien malheureuse. Cependant elle nous a défendu d'avertir madame, parce qu'elle dit que madame la renverrait, et qu'elle serait encore plus infortunée sans la protection de madame. »

Cet homme aurait pu parler bien longtemps encore sans que je fusse tentée de l'interrompre; trop de réflexions m'agitaient. Je le renvoyai en le remerciant de son zèle, et en lui recommandant sur toutes choses de ne pas laisser apercevoir qu'il m'eût avertie. Quand je fus seule, je m'efforçai vainement de me faire un plan de conduite, je ne savais à quoi m'arrêter, je ne savais qui consulter. Mon oncle ne croyait pas à l'amour, et bien moins à la vertu des femmes, il aurait ri de mes craintes, et aurait trouvé dans l'ordre qu'un jeune homme cherchât à se dissiper à la campagne comme dans une garnison. C'était son seul défaut. Il était inutile de prétendre changer les idées d'un vieux célibataire qui ne se consolait d'être forcé d'être sage qu'en citant volontiers les nombreuses occasions où il ne l'avait pas été.

Que faire? Garder Suzette au château, c'était l'exposer à la séduction, perdre l'espoir de la marier, et autoriser ce qu'il ne m'était pas permis de souffrir; la renvoyer était pis encore sans doute. Dégagée de toute reconnaissance envers moi, livrée à elle-même, sans secours, mon fils devenait pour elle un appui nécessaire, un bienfaiteur dangereux. L'éloigner, en lui conservant ma protection, ne pouvait guère se faire sans que mon fils s'en aperçût, sans mettre quelqu'un dans ma confidence; et, s'il découvrait sa retraite, si son amour éclatait dans le monde, j'exposais Adolphe à un ridicule que nos usages traitent plus sévèrement que le vice, et qui souvent décide de la réputation d'un jeune homme. Je fis le projet de tenter sa générosité et le soir même, avec une gaieté apparente, je l'engageai à déjeuner le lendemain tête-à-tête avec moi dans mon cabinet. Cette invitation, à laquelle je donnai toute l'apparence d'un badinage pour éloigner ses soupçons, le surprit. Il s'efforçait de me cacher son embarras ; mais, comme j'étais décidée d'avance à ne pas m'en apercevoir, nous nous quittâmes sans autre explication. Sans doute il ne passa pas la nuit plus tranquillement que moi : car, lorsqu'il se présenta le matin, sa figure annonçait la fatigue et le désordre. Il avait en ce moment une ressemblance si frappante avec son père, la première fois que je le vis après la mort de celle qu'il aimait, que mon cœur tressaillit aux premiers regards que je jetai sur lui.

Après avoir déjeuné, sans que l'un de nous rompît le silence, je le fis asseoir près de moi ; et, d'un ton que je cherchai à rendre sévère, je lui dis :

— Ignorez-vous, mon fils, le chagrin que vous me donnez ?

— Si j'en devine la cause, madame, le même objet, par des motifs bien différents, trouble également notre tranquillité. Je ne suis pas heureux non plus, ajouta-t-il en soupirant.

Il se tut. Je vis que, loin de vouloir nier l'amour

que lui inspirait Suzette, il oublierait volontiers, en parlant, que c'était à sa mère qu'il s'adressait; je m'efforçai d'oublier moi-même et ce titre et ma sévérité.

— Vous n'êtes pas heureux, Adolphe! et que manque-t-il à votre bonheur dans tout ce que peut désirer un homme de votre âge et de votre nom?

— D'être aimé, madame, ou d'avoir la force de vaincre un amour que ma raison condamne, et qui est devenu, malgré moi, une partie de mon existence. Ah! ma mère, ne me blâmez pas, plaignez-moi. Tout ce que vous me direz n'égalera pas ce que je me suis dit cent fois moi-même. Mais les réflexions les plus sévères avaient rapport à mon amour, et ce rapport leur prêtait un charme qui me séduisait; c'était m'occuper de Suzette, que de combattre le penchant qui m'entraine vers elle. La honte de l'avouer à ma mère ne l'emporte peut-être pas sur le plaisir de parler d'elle; c'est la première fois que j'en trouve l'occasion; j'aurais voulu l'éviter, mais enfin jusqu'à ce moment ce fut dans la solitude seulement que le nom de Suzette s'échappa de mes lèvres.

— Vous me faites rougir, monsieur, de votre égarement et de la complaisance avec laquelle je vous écoute, mais vous vous croyez malheureux; Adolphe malheureux sera toujours sacré pour moi, alors même que je le verrai assez faible pour s'exposer à inspirer plus de pitié que d'intérêt.

A la rougeur qui couvrit son front, à la vivacité de son regard, je vis que, blessé de cette phrase, il allait répondre; je m'empressai d'ajouter :

— Qu'espérez-vous de cette passion insensée que vous n'oseriez avouer devant tout autre qu'une mère trop indulgente ? Suzette élevée par mes soins, défendue par ma protection, Suzette, sans autre fortune que sa vertu, devient respectable pour vous, et j'ose croire que la passion ne vous a point égaré au point de penser sans frémir à corrompre l'innocence, à violer sans pudeur le respect dû à ma maison. Mon fils, je n'ai jamais envisagé les devoirs que j'avais à remplir envers vous; ma tendresse les rendait si faciles, qu'ils étaient pour moi une suite continuelle de jouissances; mais, en me chargeant de Suzette, j'ai contracté devant Dieu l'obligation de veiller sur ses mœurs et d'assurer son bonheur. En poursuivant cette innocente créature, c'est votre mère que vous attaquerez; ce n'est plus Suzette maintenant, c'est moi que vous trouverez partout opposée à vos projets; et, si vous étiez assez malheureux pour l'engager à céder à votre passion, c'est votre mère qui en deviendrait responsable devant la Divinité. Ne vous plaignez pas de la sévérité de mes principes. Ah! mon fils, c'est à ces principes religieux que vous devez mon existence ; c'est ma résignation aux volontés du Ciel qui m'a donné la force de survivre à votre père. Adolphe ! Adolphe ! votre passion vous ferait-elle regretter que j'en eusse eu le courage ?

Ce reproche était trop vif sans doute, mais il m'échappa.

— Vous m'aviez promis de l'indulgence, madame, me répondit-il en versant des larmes de dépit, et vous me traitez comme un monstre qui mériterait de perdre la vie. Lorsque je donnerais tout mon sang pour prolonger ses jours de la durée des miens, ma mère m'accuse... Ah ! madame ! si vous pouviez lire dans le fond de mon cœur, vous sauriez qu'un amour invincible, qui fait aujourd'hui mon désespoir, ferait demain, sans mon respect pour vous, le bonheur de ma vie. J'aime Suzette malgré moi, je l'aime au point de sentir que la mort me serait plus douce que l'idée d'en être séparé. Je n'ai jamais pensé à la séduire, je n'ai pu que détester mon amour et m'en nourrir sans cesse. Mais, sans crainte d'affliger ma mère, qui pourrait m'empêcher d'épouser Suzette ?

J'allais l'interrompre, il ajouta :

— Voyez, madame, combien la noblesse perd chaque jour de sa considération (nous étions à la fin de 1789) : Suzette a tout reçu de la nature ; l'intelligence suppléerait bientôt en elle au défaut d'éducation. Si mon mariage était blâmé en France, j'irais à Saint-Domingue, où il serait moins troublé par les préjugés. Ne vous effrayez pas, madame, ceci n'est qu'une idée, et non pas un projet. Des projets! il m'est impossible d'en former. Combattu par l'amour, par l'idée terrible de perdre votre amitié, je ne puis que souffrir; trop heureux si la mort vient me délivrer d'une situation au-dessus de mes forces, et vous prouver qu'Adolphe n'est ni un ingrat, ni un monstre que sa mère dût soupçonner!

— Cessons, lui dis-je, cessons, mon fils, un entretien qui devient également pénible pour tous les deux. Vous n'exigerez pas que je m'excuse auprès de vous pour un mot que mon cœur désavouait au moment où ma bouche le prononçait. Tout ce que je vous demande est de ne pas voir Suzette avant que je ne vous aie écrit, car je sens l'inutilité de renouveler notre conférence, et la nécessité de nous rendre réciproquement la tranquillité.

Je me levai; il en fit autant, et s'en allait sans tourner les yeux vers moi.

— Adolphe, m'écriai-je, vous n'aimez plus votre mère!

Il me prit la main, la couvrit de baisers, et nous nous quittâmes en pleurant. A dîner, il me fit demander la permission de ne pas descendre ; je n'en fus pas fâchée dans la disposition d'esprit où nous nous trouvions. Je me retirai dans mon cabinet, où j'écrivis la lettre suivante :

Madame de Senneterre à Adolphe.

« Vous me fuyez, mon fils, et je suis forcée d'avouer que je craignais de vous voir, moi qui jusqu'alors souffrais toutes les fois que j'étais privée de votre vue. Je vous plains du fond de mon âme ; mais, mon ami, la société, en nous plaçant dans un état élevé, nous a imposé des devoirs qui balancent les avantages que nous en recevons ; il y aurait de la lâcheté à les trahir, vous en êtes incapable. Il faut renoncer à Suzette, je n'ajouterai pas, ou à mon amitié ; j'attends de l'honneur un sacrifice que je ne veux devoir qu'à lui. Je me chargerai de procurer à cette enfant un établissement qui vous donne la satisfaction d'avoir contribué à son bonheur ; cette jouissance adoucira vos chagrins quand le jour sera venu où vous remercierez votre mère de sa sévérité. Je n'ose pas ajouter que j'exige cette condescendance de vous, je craindrais qu'un acte d'autorité ne m'enlevât un seul instant votre tendresse. Je vous envoie une lettre que votre père mourant me chargea de vous remettre ; c'est lui, Adolphe, c'est sa dernière volonté que vous entendrez. Votre mère vous bénit et vous aime ; elle attend votre réponse, et ne la prescrit point. »

Monsieur de Semeterre à Adolphe.

« Mon fils, près de quitter la vie, si un père qui en a consacré tous les instants à votre bonheur conserve encore sur vous l'autorité qu'il a reçue de Dieu et des lois ; si le respect pour ma mémoire et la reconnaissance sont sacrés pour vous, je vous ordonne d'obéir à votre mère dans tout ce qu'elle exigera en vous remettant cet écrit, le dernier tracé de la main de votre père ; je vous l'ordonne, sous peine de ma malédiction. Adolphe, si j'ai bien deviné votre caractère, vous aurez des qualités estimables et des passions dangereuses. Je tremble pour vous, je tremble pour votre mère ; c'est sur le bord du tombeau que j'essaie encore de veiller sur deux êtres qui me font regretter la vie. Mon fils, acquittez ma dette auprès d'une épouse adorée, à qui j'ai dû plus de félicité que l'humanité n'a droit d'en espérer. Je le répète pour la dernière fois, car mes forces s'épuisent : obéissez à votre mère, sous peine de l'irrévocable malédiction d'un père qui vous a toujours chéri. Adieu, mon fils. »

Le lendemain, à mon réveil, je reçus le billet suivant :

Adolphe à Madame de Senneterre.

« Mon père sera satisfait, Madame, et vous continuerez longtemps à me plaindre. Ne voulant point vous rendre témoin de ma douleur, craignant de ne pouvoir résister si je rencontrais celle que je dois fuir, sûr de n'avoir pas la force de la voir sacrifiée à un époux indigne d'elle, j'ai pris la résolution de quitter le château cette nuit même, défendant à qui que ce fût de vous avertir. Je ne vous recommande pas Suzette, je connais votre bonté. Si j'osais avoir une volonté, je souhaiterais qu'elle restât libre ; si vous l'ordonnez autrement, puis-je espérer, ma mère, qu'en lui remettant cet anneau, vous lui prescrirez de le porter toujours comme un gage de votre protection ? C'est le seul présent que je veuille lui faire ; j'abandonne le reste à votre générosité. »

Ce billet, qui me prouvait trop combien Adolphe souffrait dans son obéissance, me rendit encore plus affligée de son départ. Je fis avertir mon oncle ; il reçut une confidence entière ; et ce vieillard, en soutenant que mon fils était fou d'aimer ainsi une villageoise, s'attendrissait autant que moi sur sa douleur. Je penchais à différer le mariage de Suzette jusqu'au moment où j'aurais la certitude que la santé de notre fugitif ne courrait aucun danger ; mais mon oncle me fit sentir que l'instant était décisif, et qu'il fallait rompre tout espoir, ou s'exposer à la voir l'épouse de son amant. Je me rendis à ce conseil. Le soir même j'écrivis à mon fils ; je lui envoyai un ordre en blanc pour toucher sur mon homme d'affaires la somme qu'il croirait nécessaire à ses plaisirs. Je lui parlai peu de sa résolution, pas du tout de Suzette. Le lendemain matin, je fis avertir cette jeune fille de venir me parler.

— Qu'avez-vous, Suzette ? lui dis-je en la voyant ; vous êtes pâle ; on croirait que vous avez pleuré.

— Oui, madame.

— Si jeune encore, vous avez donc aussi des chagrins ?

— Oui, madame.

— Est-ce que vous n'êtes pas bien dans cette maison ?

— Si, madame.

— Je veux, Suzette, achever ce que j'ai fait pour vous, en vous donnant un mari qui vous rende heureuse. Auriez-vous de la répugnance à vous marier ? ajoutai-je en voyant qu'elle soupirait.

— Madame...

— Parlez-moi franchement. Est-il dans le village quelque garçon qui vous ait témoigné de l'amitié, et pour lequel vous ayez de l'inclination?

— Oh! mon Dieu non, madame.

— Ainsi vous n'aurez point de chagrin en acceptant un époux de mon choix?

— Madame... M. le comte...

— Eh bien! M. le comte?

— Il m'a défendu de jamais me marier sans sa permission.

— Mon fils vous a fait cette défense?

— Oui, madame, bien des fois.

— Que répondiez-vous, Suzette?

— Qu'il était le maitre, madame.

— Et si c'était d'accord avec mon fils que je cherchasse à vous trouver un établissement, que diriez-vous?

Elle se mit à pleurer, et sa douleur me prouva trop que l'infortunée n'était pas insensible a la passion d'Adolphe. Sa résistance la rendait plus intéressante. Je crus devoir quitter avec elle le ton d'une maitresse, et, la faisant asseoir, je la consolai et lui parlai raison. Suzette ne m'interrompait que par ses sanglots, ou pour convenir qu'elle s'était répété cent fois ce que je lui disais; qu'elle n'aurait jamais oublié ce qu'elle devait à sa bienfaitrice, et que ce n'était pas sa faute si M. le comte avait continué à lui témoigner tant de bonté; qu'elle en était attendrie jusqu'au fond de l'âme, quoiqu'elle n'en fît pas semblant avec lui. Je lui persuadai que le soin de sa réputation, et peut-être aussi la reconnaissance, lui imposaient l'obligation d'accepter un époux; je recommençai à la questionner sur celui qui pourrait lui convenir; elle me répondit qu'elle n'aimerait jamais l'un plus que l'autre, mais qu'elle recevrait celui qu'ordonnerait la mere de M. le comte. Je la renvoyai presque aussi attendrie qu'elle, lui donnant, pour gage du contentement que me causait sa soumission, l'anneau dont mon fils m'avait rendue dépositaire. Je n'étais pas intérieurement très satisfaite de cet acte de condescendance; mais le courage de cette enfant, le souvenir de mon fils qui n'avait mis que ce prix à un sacrifice dont sa douleur me faisait assez connaître l'étendue, l'emportèrent sur la réflexion. Les volontés d'une âme déchirée par une passion forte deviennent sacrées pour les cœurs sensibles, alors même que la raison les condamne.

Quand on veut marier une jeune fille, il suffit d'en laisser percer le désir; on peut être sûr que toutes les femmes d'une maison se feront un honneur d'y contribuer pour quelque chose. Ce fut ma femme de chambre qui me parla la première d'un nommé Chenu, métayer d'une petite portion de terre à trois lieues de mon château, et qui joignait à sa métairie un trafic de bestiaux dont le profit lui procurait une certaine aisance. Il connaissait Suzette, et avait dit plusieurs fois qu'il l'épouserait volontiers, parce qu'elle savait lire et écrire, ce qui lui serait bien utile pour son commerce, étant obligé de s'en rapporter à sa mémoire qui souvent le mettait en défaut. Je donnai ordre à mon concierge de voir cet homme, de lui faire part de mes dispositions, et de l'engager à venir me trouver s'il était toujours dans les mêmes intentions.

Chenu ne fit pas attendre sa visite. Il paraissait avoir trente ans; sa tournure n'offrait rien qui pût séduire, rien qui pût repousser. Il se présenta avec une assurance qui me fit bien augurer de son caractère; mais je voulus le mettre à l'épreuve.

— En quoi puis-je vous obliger, monsieur Chenu! lui dis-je pendant qu'il me saluait; parlez-moi sans contrainte.

— Madame, on m'a dit que vous vouliez pourvoir Mlle Suzette, et si ma proposition vous agrée, je vous demande la préférence.

— Vous aimez donc Suzette?

— A vrai dire, elle ne me déplait pas, et tout le monde parle de sa douceur.

— On assure que vous faites bien vos affaires, monsieur Chenu, et Suzette n'a rien.

— Les bontés de madame ne lui manqueront pas, j'espère.

— Ce que vous appelez mes bontés, monsieur Chenu, appartient de droit aux malheureux, et Suzette cessera d'en avoir besoin en vous épousant. Je me chargerai de son trousseau, c'est tout ce que je puis faire.

— On ne m'avait pas dit ça; mais, si c'est la dernière volonté de madame, il faudra s'en arranger; car enfin, quand j'en épouserais une autre qui aurait quelque argent, je n'y trouverais pas, comme dans Mlle Suzette, l'avantage d'une femme qui sût écrire, et c'est tout ce que j'ambitionne. Cependant une petite somme n'aurait rien gâté; cela m'aurait donné les moyens d'augmenter mon commerce, dans lequel il y a à gagner; mais il faut de l'avance.

— Eh bien! dites-moi franchement, monsieur Chenu, quelle somme comptiez-vous que je donnerais à Suzette pour sa dot?

— Ah! madame, ça ne peut pas se dire.

— Pourquoi donc, si je veux le savoir? Mon intention est d'assurer le bonheur de cette enfant qui le mérite à tous égards; et, si vos prétentions ne surpassaient pas mes facultés, je serais bien aise de faire quelque chose pour elle et pour vous;

car vous la rendrez heureuse, n'est-ce pas, monsieur Chenu?

— Pardine, madame, ça n'est pas difficile. D'abord je suis la moitié du temps en voyage, il n'est pas de foire à dix lieues à la ronde où je n'aille. Quand je reviendrai à la maison bien fatigué, que Suzette aura écrit mes affaires, j'aurai plus besoin de repos que de troubler celui des autres. On dit que j'ai de l'ambition, mais j'ai toujours remarqué qu'un homme bien occupé n'est pas un mari querelleur. Suzette, qui a de l'intelligence, fera valoir la métairie; quoiqu'elle ne soit pas d'un grand produit, encore y a-t-il de quoi surveiller. Quand les foires seront bonnes, je compte bien ne pas revenir sans lui rapporter quelque chose. Elle est belle, et je sais que les femmes aiment un peu la parure; d'ailleurs les bontés de madame l'y ont accoutumée, c'est bien naturel. Laissez faire; que les marchés aillent bien, elle ne se plaindra pas, ni moi non plus.

— Je suis contente de vos dispositions, monsieur Chenu; mais revenons à notre premier point. Combien croyiez-vous que Suzette vous apporterait en dot?

— Ma foi, madame, puisque vous le voulez absolument, je vous dirai qu'indépendamment de son trousseau, sur lequel je m'en fie à la générosité de madame, j'avais calculé que six cents livres d'argent sec me mettraient à même de courir de bons marchés. Les commencements sont toujours difficiles; un peu de comptant, un peu de crédit, et cela va.

— Allons, monsieur Chenu, puisque six cents livres vous paraissent nécessaires, et que vous auriez épousé Suzette sans cette somme, je suis charmée de pouvoir récompenser votre désintéresesement.

— Madame est trop bonne.

— Je parlerai à cette enfant; revenez demain, et si elle vous accepte, comme je n'en doute pas, vous pouvez dès aujourd'hui compter sur une dot de douze cents livres.

J'aurais pu faire sans doute davantage pour Suzette; mais, fidèle à mon principe de ne pas sortir de leur état ceux qui risquent leur bonheur en le quittant, j'avais encore un autre motif. L'amour de mon fils pour cette intéressante créature avait fait un certain bruit dans le château; c'était exposer sa réputation que de ne pas borner mes bienfaits. Je voulais d'ailleurs veiller toujours sur elle, et j'espérais procurer un jour un fermage considérable à son époux; espoir que les événements ont anéanti et qui m'ont fait trouver des bienfaiteurs dans ceux que je regardais alors comme des protégés.

Je ne doutais pas de la résignation de Suzette;

j'aurais désiré qu'elle lui coûtât le moins possible, en lui apprenant les dispositions que j'avais faites pour elle, j'embellis de toute mon éloquence sa destinée à venir, pour la consoler de ses chagrins présents. « Vous êtes trop bonne, madame, était son unique réponse. Je ferai tout ce qui dépendra de moi pour être heureuse; et, si je ne le suis pas, ma consolation sera que vous m'avez crue digne de l'être. » Je ne passai pas un seul jour sans la voir jusqu'à son mariage, qui se fit promptement; le régisseur de ma terre assista à la signature du contrat, et je lui servis de mère pour la cérémonie.

Dans nos conversations, Suzette s'était enhardie jusqu'à me demander quelquefois si je recevais des nouvelles de mon fils; je ne doutai pas qu'elle n'eût appris la cause de son brusque départ, et que la certitude d'être toujours aimée ne la consolât en partie du sacrifice qu'elle faisait à la tranquillité de tous. Adolphe ne m'écrivait pas, mais j'étais indirectement informée de sa conduite. Je savais qu'il se montrait peu dans les sociétés, qu'il sortait souvent seul, presque toujours à cheval, et qu'une mélancolie très prononcée affligeait ses amis, sans cependant donner aucune inquiétude pour sa santé. C'était tout ce que je pouvais désirer.

Libre de soins à l'égard de Suzette, je me disposais à retourner à Paris avec mon oncle, qui pas plus que moi ne pouvait vivre séparé de mon fils, quand je reçus la lettre suivante :

Adolphe à Madame de Senneterre.

« En vous fuyant, ma mère, pour mieux vous obéir, je vous avais fait entendre mon vœu pour qu'au moins Suzette restât libre ; vous en avez ordonné autrement. Je viens d'apprendre, par un homme sûr que j'ai laissé au château, un mariage qui, en m'ôtant tout espoir, m'a ravi la force de supporter mon affreuse position. Je n'ose vous accuser, je ne m'en prends qu'à la fatalité de ma destinée. Suzette aussi vous a obéi ; mon exemple a décidé le sien. Puisse l'infortunée ne jamais s'en repentir ! Je sais, Madame, que vous allez revenir à Paris : si c'est moi seul qui vous y attire, épargnez-vous un voyage inutile. Ce que je dois à mon nom m'a empêché d'être heureux. J'accomplirai le sacrifice. Guidé par mon désespoir, je vais loin de la France défendre les armes à la main des préjugés qui m'ont rendu le plus infortuné des hommes. Je pars cette nuit. Que ne puis-je mettre le monde entier entre moi et mes souvenirs, entre la douleur et l'amour ! Ma mère, je suis si malheureux que je crois vous servir en vous ôtant le triste spectacle d'un fils consumé par le chagrin. Si le ciel exauce vos prières, il me ramènera digne d'apprécier ce que vous avez cru devoir faire pour mon bonheur. Mon cœur en gémit sans oser en murmurer. Si le Ciel écoutait mes vœux... Ah! ma mère, continuez de plaindre votre fils! »

Cette lettre me jeta dans un anéantissement total; je la relus vingt fois sans pouvoir me persuader la vérité de ce qu'elle contenait. Mon fils s'éloignant de moi, livré au plus sombre désespoir, quel coup terrible pour une mère qui croyait n'avoir que de la reconnaissance à attendre! Cependant, j'en atteste le Ciel, mon premier mouvement fut de m'accuser de trop de sévérité et si le passé eût été en ma puissance, si mon Adolphe eût été présent, les préjugés, l'ambition, mes principes même, tout eût cédé au désir de le conserver près de moi. Jeunesse imprudente! que vous nous faites acheter chèrement les plaisirs dont la nature a mis le premier germe dans nos cœurs! et quel empire n'avez-vous pas sur nous, puisque nous préférons souvent douter de notre raison, à la douleur cruelle de ne pouvoir douter de votre ingratitude!

Ainsi, ce jeune inconsidéré, ne suivant que sa passion, avait méprisé la noblesse lorsqu'elle était un obstacle à l'accomplissement de ses désirs; il la prenait pour guide de sa conduite au moment où elle favorisait ses desseins : dans l'une et dans l'autre circonstance, c'était à l'amour seul qu'il sacrifiait. Mon oncle fut pénétré de cette nouvelle foudroyante, et alarmé de l'effet qu'elle produisait sur moi; mais, incapable de s'arrêter à des considérations vagues, il remit le calme dans mon âme en me proposant de partir à la première lettre que je recevrais de mon fils. S'il ne pouvait le décider à revenir, son intention était de ne le pas quitter, de lui servir de guide et de profiter de l'occasion pour lui faire entreprendre des voyages qui perfectionneraient son éducation. Ce projet, bien digne de l'amitié paternelle de ce bon vieillard, fut la dernière marque de son attachement. Il mourut au moment de le mettre à exécution.

Je restai donc abandonnée à moi-même, au milieu d'une révolution dont je ne parlerai que dans les rapports qu'elle aura avec moi. Je recevais quelques lettres d'Adolphe, qui retardait sans cesse un retour qu'il me faisait sans cesse espérer. Par la dernière, il m'annonçait son projet de passer à Saint-Domingue, dans l'intention de voir son oncle et de revenir ensuite pour ne plus me quitter. Mais, avant qu'il pût acquitter sa promesse, j'eus la douleur de voir les lois élever une barrière éternelle entre mon fils et moi. Hélas! ce n'était que le commencement d'un enchaînement de malheurs qui devaient se dérouler avec une étonnante rapidité.

J'appris bientôt les désastres de Saint-Domingue; et en perdant toute ma fortune, il me fallut trembler pour les jours de mon fils, pour ceux d'un frère qui m'était cher à tant de titres. Les nouvelles qui arrivaient en France n'annonçaient que des calamités; la cruelle renommée ne permettait pas de douter de l'ensemble des maux qui désolaient cette malheureuse colonie; mais elle laissait sur les détails une incertitude accablante. J'implorai l'assistance du ciel pour ma famille: chaque intervalle de courrier était pour moi une année de souffrance. Enfin, je reçus de Philadelphie une lettre de mon fils. La voici :

Adolphe à Madame de Senneterre.

« Madame, que ne suis-je auprès de vous pour recevoir vos consolations, pour vous soutenir de mon courage! C'est dans ces moments affreux que je sens trop combien l'amour m'égara, puisque je suis loin de ma mère. Ayez la force de vivre pour un fils qui ne respire aujourd'hui que pour vous, qui ne croirait pas trop payer de sa vie la douceur de mêler ses larmes aux vôtres. Quel récit j'ai à vous faire! le pourrai-je, grand Dieu! Ma main tremble, mon cœur se serre...

« Déjà sans doute vous avez entendu parler des événements à Saint-Domingue ; mais vous ignorez peut-être encore ce qui concerne notre malheureuse famille et vos propriétés. Je n'ai pu aborder ces contrées, où la guerre civile joint à ses fureurs ordinaires une ativité aussi brûlante que le climat : c'est à Philadelphie que j'ai appris que mon oncle et son épouse... Ils ont péri au milieu de tourments dont le seul souvenir épouvante l'imagination. Non, jamais, jamais je n'aurai le courage de rappeler ces massacres qui font frémir l'humanité. Puissiez-vous toujours en ignorer les détails!...

« On ne doute point ici que le machiavélisme d'un gouvernement dont la prospérité de Saint-Domingue humiliait l'orgueil n'ait préparé de loin sa dévastation. Ses projets n'ont été que trop bien accomplis ; et lorsque tous les partis s'accusent, la ruine de cette colonie, si brillante encore il y a quelques jours, accuse tous les partis...

« Il ne faut pas se faire illusion, ma mère ; nos habitations sont détruites de fond en comble, les ateliers brûlés : le résultat d'un siècle de travaux, de prospérité et d'économie, anéanti. La misère des colons réfugiés à Philadelphie ferait peine à leurs plus mortels ennemis ; ils sont d'autant plus à plaindre, que le passage de l'opulence à la détresse a eu pour eux la rapidité de l'éclair. Du moins, ma mère, vous ne connaîtrez pas ce dernier malheur ; tous les biens de mon père sont à vous. Ils vous appartiennent de droit, puisque vous les avez, pour ainsi dire, rachetés ; ils vous appartiennent à un titre plus sacré, puisqu'ils sont les biens de votre fils. Ma mère, puissiez-vous en jouir longtemps ! Puissions-nous, bientôt réunis, pleurer nos malheurs communs et oublier ensemble les chagrins et les passions inséparables de la vie ! »

L'infortuné Adolphe ne prévoyait pas les malheurs qui allaient bientôt accabler sa mère. Je vis apposer les scellés chez moi ; j'appris qu'ils avaient été mis sur mon hôtel à Paris et sur les autres possessions de mon époux. Je pus à peine obtenir quelques-uns de mes effets particuliers, et la permission de conserver un logement dans le château que j'habitais.

Privée de fortune, dépouillée de toute splendeur, c'est alors que je connus l'humanité, qui jusqu'à ce moment s'était embellie à mes yeux. Ceux qui ne m'abordaient que pour me plaire cessèrent de se contraindre quand ils n'eurent plus rien à espérer ; et la pitié insultante des uns me révoltait plus que l'ingratitude des autres. Les paysans que j'avais comblés de bienfaits ne calculaient plus que ce qu'ils pouvaient tirer de mes dépouilles ; ils abattaient les bois, ils se partageaient des terrains qui, depuis des siècles, appartenaient à la famille de M. de Senneterre, en cherchant à se persuader qu'ils étaient communaux.

Je les excuse aujourd'hui ; alors leur ingratitude ajoutait à mes supplices, et je me décidai à retourner à Paris pour me soustraire à un spectacle qui me brisait le cœur. Il m'en coûta pour me séparer de mes domestiques, dont la plupart m'étaient entièrement dévoués ; mais l'état de mes affaires exigeait ce sacrifice, que je retardais depuis trop longtemps. Je n'amenai avec moi qu'Augustine, ma femme de chambre, qui voulut absolument me suivre ; et, sans le domicile que son mari nous offrit à Paris, j'aurais été forcée de me loger en chambre garnie.

Depuis les désastres de Saint-Domingue, mes parents s'étaient réfugiés en province par économie ; une partie de la famille de M. de Senneterre était émigrée, l'autre retirée dans ses terres. Un seul de ses cousins germains avait conservé son domicile dans la capitale ; mais il m'avait abandonnée depuis le testament, qui ne lui donnait aucun droit à la tutelle de mon fils. Il avait pris, dans la révolution, un parti qui lui acquit d'abord beaucoup de popularité, et qui finit par le conduire à l'échafaud. Je lui rendrai justice cependant ; il eut de l'ambition, mais il ne fut pas traître envers ceux dont il avait embrassé la cause. Dans ma position, d'ailleurs, je ne pouvais pas chercher à le voir ; je préférais, à un reste d'éclat sans indépendance, une retraite profonde où je pusse m'occuper en liberté de mon fils et de ma douleur.

Cette retraite me fut bientôt enlevée. Je ne pus ni ne cherchai à me soustraire au décret qui ordonnait d'incarcérer les parents d'émigrés. Je ne tenais plus à l'existence que par une résignation religieuse ; privée même de la consolation de recevoir des nouvelles de mon Adolphe, accablée du sort dont il était menacé, j'aurais remercié mes bourreaux du coup qui m'eût arraché la vie. Dans ces moments affreux, où tout était ravi jusqu'à l'espoir, il fallait plus de courage pour vivre que pour se résoudre à mourir.

Je passai treize mois en prison, et surtout les six derniers, sans autres secours que ceux que la crainte de nous voir périr de faim arrachait à nos geôliers. En butte à toutes les humiliations, oubliant nos malheurs au récit de ceux de nos compagnes n'osant céder à l'impulsion qui nous portait à nous aimer, pour éviter la douleur d'une séparation éternelle ; éprouvant cependant cette douleur sans avoir joui des charmes de l'amitié ; tantôt accusant la lenteur de la mort, tantôt frémissant involontairement à l'idée de la destruction; ne recevant du dehors d'autres nouvelles qu'un journal chargé de la longue liste des victimes qui avaient péri la veille, parmi lesquelles nous cherchions, avec autant d'effroi que d'avidité, le nom de nos parents, de nos amis, des infortunés, que le jour précédent encore, nous avions serrés dans nos bras... Non, l'âme ne peut supporter le souvenir de cette situation. Je le dirai cependant, je le répéterai jusqu'à mon dernier soupir, parce que la vérité doit être connue. Dans ces prisons où nous étions entassées comme des animaux destinés à la boucherie, où nous étions traitées plus sévèrement que les plus grands criminels, si nos tyrans avaient osé y demeurer parmi nous, ils auraient eux-mêmes admiré combien l'exercice de toutes les vertus y était facile; ils auraient reculé devant la fatalité qui les entraînait à égorger tant de Français, dont la plupart étaient l'ornement de leur siècle, et dont l'exemple, dans la société, l'eût garantie peut-être d'une dépravation que les lois les plus sages auront bien de la peine à arrêter.

Enfin les massacres cessèrent et les prisons s'ouvrirent. Grâce à l'activité de ma femme de chambre, de cette bonne Augustine qui était alors ma seule amie, mon tour arriva. Elle m'apporta elle-même l'ordre de ma liberté, qui ne me causa une joie momentanée que pour me faire réfléchir plus profondément sur l'étendue de ma misère. Je n'avais plus rien, rien que quelques bijoux avec lesquels j'étais décidée à mourir : c'étaient les portraits de mon fils et de mon époux. Je ne voulais pas rester à la charge de cette femme respectable, que le malheur des temps avait forcée à chercher une nouvelle condition. Quoiqu'elle fît tout pour me cacher la grandeur de ses sacrifices, mon cœur la devinait, et la reconnaissance n'ôtait rien au supplice de vivre de ses privations. Je savais tout ce qu'une femme peut savoir, excepté vivre du travail de ses mains; d'ailleurs le chagrin avait miné ma santé, au point de me ravir la possibilité d'une occupation continue.

Il ne me restait qu'une ressource; c'était de servir. La première fois que j'y pensai, des larmes de sang coulèrent de mes yeux. La fierté, qui sauve souvent du vice, qu'il faut modérer et ne jamais éteindre, se révolta avec une violence dont il serait impossible de calculer la force. Moi, née avec une fortune immense, entourée d'esclaves pendant ma jeunesse, de protégés dans tous les temps : moi, n'ayant plus rien qu'un nom respectable par des traits héroïques, que l'histoire attestera à la postérité la plus reculée... servir! Oh! mon Dieu, vous vîntes encore à mon secours, et l'orgueil s'abaissa devant les préceptes de votre morale.

A force d'y réfléchir, je me rendis peu à peu cette idée plus familière ; je m'y accoutumai enfin, au point de pouvoir en parler à Augustine, sans lui découvrir une répugnance plutôt vaincue que détruite. Elle voulut s'y opposer, mais je fus inflexible et je la suppliai d'employer ses efforts pour me procurer une place telle que je la désirais, c'est-à-dire le soin de présider à l'éducation de quelques jeunes personnes, seul emploi auquel je fusse véritablement propre. Il était inutile de lui prescrire de me recommander sous un autre nom que le mien, et seulement comme une infortunée qui avait tout perdu dans la révolution.

Quelques semaines après, Augustine, le cœur gros, les yeux mouillés de larmes, vint me dire qu'elle m'avait obéi, et me présenta une lettre pour une femme fort riche, qui désirait avoir auprès d'elle une personne instruite, de mœurs respectables, et pour laquelle elle promettait les plus grands égards. Je pris la lettre et ne pus remercier Augustine autrement qu'en lui serrant la main. Je m'appesantirai sur cette époque si remarquable de ma vie.

Je tenais la lettre destinée à me servir de recommandation ; j'avais les yeux fixés sur l'adresse, et je ne la voyais pas. Absorbée dans l'immensité de pensées qui se succédaient, je ne pensais plus. La foudre, je crois, serait tombée à mes pieds, que je n'aurais pas été émue. Insensiblement mes idées s'éclaircissaient, et je demandai : Que dirai-je ? Je ne trouvais pas de réponse à cette question. J'examinai enfin le nom de la personne que j'allais servir ; elle s'appelait Depréval, et je réfléchissais machinalement sur ce nom, comme s'il eût pu m'apprendre quelque chose de l'avenir que je redoutais. Extrêmement fatiguée de ne pouvoir m'arrêter à rien, je me couchai. Pas un instant de sommeil. Une femme, la veille d'être présentée à la cour, n'était pas plus occupée de sa toilette que moi de la mienne. Je craignais d'inspirer de la pitié ; je craignais encore plus de ne pouvoir adoucir un air de dignité que la nature et l'habitude de commander avaient répandu sur toute ma personne. Je redoutais surtout de ne pouvoir supporter avec résignation les questions auxquelles il fallait m'attendre. Le jour me surprit, et je n'avais encore rien résolu. J'aurais souhaité éloigner le moment fatal ; mais j'appréhendais, en le différant, de manquer l'occasion de cesser d'être à charge à la pauvre Augustine. Ceux qui n'ont pas connu l'éclat et l'opulence en naissant se feront difficilement une idée de ce qu'il en coûte pour subir l'humiliation. Il ne faut qu'un jour pour payer bien cher des jouissances qui pourtant ne donnent aucun véritable plaisir puisqu'elles ont toujours eu la monotonie de l'habitude. On ne les apprécie qu'en les perdant.

A dix heures, j'étais prête, et je balançais encore. L'idée d'arriver trop tôt, de faire antichambre, de me trouver peut-être, pour essai, la camarade d'un de mes anciens laquais; l'idée plus affreuse d'être congédiée après avoir subi un insolent interrogatoire, me poursuivaient involontairement. Enfin, je m'arme de courage, je descends rapidement l'escalier, et me voilà dans les rues, marchant à pas précipités, tremblante qu'on ne lût sur mon visage ce qui se passait dans le fond de mon âme. J'étais vêtue de noir, et je n'osais arrêter les yeux sur personne, quoiqu'un voile assez épais me mît à l'abri des regards. J'arrive à la porte de ma maîtresse future; je la demande, appréhendant qu'elle ne fût sortie; on me répond qu'elle est chez elle, et j'en éprouve une sorte de chagrin. Je monte; mes genoux fléchissaient. Je m'adresse au premier domestique que je rencontre, en le priant de me faire parler à sa maîtresse; il me dit d'attendre, qu'il va faire avertir une des femmes de madame: je m'assieds, et j'attends. Une demi-heure se passe, pendant laquelle une foule d'allants et venants, tous pour monsieur, m'ôtent la faculté de réfléchir sur toute autre chose que la crainte d'être reconnue. Une femme arrive, me demande qui je suis, et ce que je veux à sa maîtresse.

— Je désire lui parler.

— De quelle part ?

— De la mienne.

— Votre nom ?

— Je ne peux le dire qu'à elle-même.

— Madame est rentrée fort tard; elle n'a point encore sonné.

— J'attendrai.

Madame sonna à l'instant même, et presque aussitôt on vint me dire que je pouvais entrer. Je suis mon introductrice à travers plusieurs pièces dont l'ameublement, l'élégance, la richesse m'étonnèrent, moi qui avais joui autrefois de tout ce qu'on admirait. Nous entrons dans une chambre à coucher où il faisait un joli demi-jour : madame était encore au lit. Je lui présente ma lettre en tremblant : elle m'engage à m'asseoir, me demande excuse de s'habiller devant moi, ajoutant qu'elle avait préféré me faire entrer à me laisser dans une antichambre où il passait continuellement du monde. Son ton d'aménité me rassura; cependant je n'osais lever les yeux sur elle. Tout ce que je pus remarquer, tandis qu'on lui présentait une robe du matin, garnie de dentelles, c'est qu'elle était d'une taille admirable et remplie de grâces naturelles. Enfin la toilette s'achève ; elle ordonne à sa femme de chambre d'ouvrir et de nous laisser. Tandis qu'elle brise le cachet de la lettre, la parcourt, je baisse les yeux, je jette mon voile en arrière. Au même instant, j'entends un cri perçant ; cette femme tombe à mes pieds, en répétant :

— Madame de Senneterre ! ô ciel ! madame de Senneterre !

Je la regarde, c'était Suzette.

Elle était sans connaissance ; je la porte sur son lit ; je sonne, on accourt, on lui prodigue des secours dont j'avais presque autant besoin qu'elle, car j'étais retombée sur un fauteuil, ne pouvant ni parler ni agir. Son mari, les personnes qui se trouvaient chez lui, tous les gens de la maison étaient accourus, et attendaient avec inquiétude qu'elle reprît ses esprits. Bientôt elle ouvre les yeux et me cherche ; la foule me cachait ; elle me demande, et j'approche.

— Oh ! madame, ma bienfaitrice ! s'écrie-t-elle.

Je lui mets la main sur la bouche, en lui recommandant le secret.

— Impossible, impossible, madame. Comment cacherais-je ma joie ? pourquoi rougirais-je de ma reconnaissance ? pourquoi rougiriez-vous de vos malheurs vous dont la vie fut un acte continuel de vertus et de bienfaisance? Monsieur, dit-elle à son mari, vous ne la reconnaissez donc pas? Elle est si changée! vous ne reconnaissez pas Mme de Senneterre?

Son mari s'approcha de moi avec autant d'embarras que d'empressement, et me fit un compliment qui me prouva, ce qu'il est si facile de vérifier chaque jour, que chez les femmes la sensibilité et le goût suppléent à l'éducation, tandis qu'un homme qui a eu le malheur de n'en pas recevoir, n'est jamais plus mal placé que dans une situation qui fixe les regards sur lui.

Suzette demanda qu'on nous laissât seules, avertit son mari, d'un ton caressant, qu'elle n'irait pas dîner en ville, le pria de l'excuser sur sa santé; et aussitôt que nous fûmes tête-à-tête, elle me prodigua des caresses d'un ton si aimable et si respectueux, qu'elle fit passer dans mon âme toutes les émotions qui agitaient la sienne.

— Vous ne me quitterez point, n'est-il pas vrai, madame? vous aurez ici votre appartement, vous y serez servie comme si vous étiez ma mère. Eh! ne l'avez-vous pas été? Libre de commander dans toute la maison; moi-même je ne me présenterai chez vous que lorsque vous le permettrez. Qu'est devenue Augustine? Est-ce qu'elle vous a aussi abandonnée?

— Non, madame, lui dis-je d'un ton un peu embarrassé.

— Madame! reprit-elle avec chagrin. Si je ne suis pas Suzette pour vous, je ne le serai donc plus pour personne au monde. Voyez, voyez l'anneau que vous m'avez recommandé de ne pas quitter, le voilà. Toujours à mon doigt, il me rappelait...

Elle s'arrêta en rougissant.

— Madame, ajouta-t-elle les yeux humides, appelez-moi Suzette, cela soulagera mon cœur.

— Eh bien! Suzette, ma fille, lui dis-je en l'embrassant, Augustine ne m'a point abandonnée; mais elle n'est pas heureuse. Le fruit de ses économies, placées d'abord avantageusement, lui a été remboursé en papier. Forcée de se remettre en maison, c'est moi qui ai voulu cesser d'être à sa charge.

— Il faut la reprendre, madame; il n'y a qu'elle et moi qui puissions avoir pour vous les attentions qui vous sont dues. Ah! si j'avais su vos malheurs! Mais deux craintes enchaînaient mes pas, celle d'humilier ma bienfaitrice par mon opulence, et celle de vous faire soupçonner que votre fils... Il doit être aussi bien à plaindre, votre fils, madame!

Cette réflexion de Suzette me fit répandre des larmes; elle crut alors ne devoir plus cacher les

— Vous ne reconnaissez pas Mme de Senneterre ?

siennes. Quand nous fûmes un peu remises, je pris la parole.

— Mon amie, en veillant sur votre enfance j'ai rempli un devoir; ce que j'ai fait pour vous depuis n'était qu'une dette que je payais à la générosité de votre conduite. Je suis sensible à votre reconnaissance, et je rougirais de moi-même si j'éprouvais la moindre répugnance à en profiter; mais, ma Suzette, il faut en borner les effets. Je suis résignée à mon sort, et j'ai plus besoin de tranquillité que des dehors de l'opulence. Songez d'ailleurs que vous êtes en puissance de mari, et que, quelque considérable que puisse être votre fortune, elle vous appartient moins qu'à lui. Laissons Augustine...

— Pardon, madame, si je vous interromps; mais vous ne connaissez ni ma situation, ni mon cœur. M. Chenu ou Dupréval, comme il vous plaira de l'appeler, n'a d'autres volontés que les miennes, et n'a jamais désiré que de me rendre heureuse. Depuis mon mariage, le premier moment de bonheur que j'ai éprouvé est celui où j'ai vu la possibilité d'être utile à ma bienfaitrice. Plus je ferai pour vous, plus je m'apercevrai que mes soins vous seront agréables, et plus j'approcherai de la félicité qu'il m'est permis d'espérer. Pourvu que mon époux voie la joie répandue sur ma figure, il applaudira à tout ce que je ferai ; et en vérité, Augustine de plus ou de moins dans la maison ne le frapperait même pas, si je n'étais très décidée à la lui faire remarquer, pour qu'il la récompense de sa conduite envers vous. Mais, laissant à part le bonheur inappréciable que mon cœur trouve à réparer, autant qu'il est en moi, l'injustice du sort à votre égard, quand vous connaîtrez mon histoire, vous conviendrez, madame, que la reconnaissance sera toujours de mon côté et les bienfaits du vôtre. Nous aurons le temps de parler de moi : c'est de vous, de vous seule qu'il faut nous occuper aujourd'hui.

A peine m'eut-elle installée dans l'appartement qui m'était destiné, qu'elle écrivit à Augustine ; le soir même je l'avais auprès de moi. Son activité semblait doubler son existence pour prévenir mes goûts ; et je ne pouvais m'opposer à rien de ce qu'elle faisait pour moi, sans l'affliger. Mais, le lendemain, je ne la vis qu'un instant, le jour suivant de même. Quoique j'eusse trouvé chacune de ces journées ma toilette chargée de plus d'étoffes qu'il n'était nécessaire, dans ma position, pour réparer ce que le temps et les malheurs m'avaient ravi, j'étais peinée de sa conduite, et humiliée de ces bienfaits. Je ne savais comment concilier les premières marques de sa sensibilité, avec un abandon aussi extraordinaire. Suzette élevée par moi, Suzette, telle que je l'avais vue lorsque le basard me conduisit chez elle, était une amie à laquelle je pouvais tout devoir sans rougir ; mais Mme Depréval, livrée à la dissipation, n'avait ni le droit ni le pouvoir de me faire rien accepter. Je tremblais que l'opulence ne l'eût corrompue ; et dès lors sans emploi, sans considération, il me devenait impossible de rester dans sa maison, et d'associer mon nom à celui d'une femme jeune, belle, riche et entièrement assservie par les plaisirs. La misere est plus facile à supporter que la honte. Il m'en coûtait cependant de la juger séverement ; j'attendais avec impatience le moment de m'expliquer, en conciliant ce que je devais à mes principes avec les ménagements qu'exigeaient ma position servile et l'indépendance de Mme Depréval.

Le troisième jour, elle me fit demander à déjeuner chez moi. En entrant, elle me prodigua les plus tendres carresses.

— Je ne sais, me dit-elle, ce que vous aurez pensé de moi ; mais j'avais des engagements qu'il m'était impossible de rompre sans affliger mon époux, et je voulais être entierement libre, afin de vous ouvrir mon cœur. Je ne suis pas heureuse ; j'aime la vie solitaire, et je suis forcée de me livrer à la société ; j'aime la simplicité, et le [illegible] m'entourent. Écoutez-moi, [illegible] me juger. Suzette a besoin de [illegible] la guiderez-vous, si vous ne [illegible] entièrement sa situation ? L'histoire de [illegible] pour ainsi dire, que le tableau [illegible] le ; j'ai bien peur qu'elle soit [illegible]

[illegible] rendit la bonne opinion que j'avais [illegible] surai que j'étais disposée [illegible] indulgence, et que, jetée dans un monde qui [illegible] paraissait effectivement bien nouveau [illegible] lui saurais gré de ne m'épargner [illegible]

[illegible] Deprével m'ouvrit son âme [illegible] l'estimai davantage. Je [illegible] à ne pas désobliger [illegible] grand bonheur était de la [illegible] de l'engager dans toutes les [illegible] aveu. Elle lui déguisait [illegible] et ne se faisait prier que [illegible] de lui quelques services [illegible] cela. Une place pour le [illegible] paraissait difficile à obtenir ; Mme Deprével consentit à paraître dans une fête [illegible] motif lui déplaisait, et le lendemain le [illegible] d'Augustin fut placé, ce qui m'obligea beaucoup, car j'étais hors d'état de récompenser les services que ces braves gens m'avaient rendus.

Je jouissais donc enfin de quelque tranquillité, seul bonheur possible dans ma position. Éloignée de mon fils, je ne pouvais en parler qu'avec Suzette, et trop de raisons me forçaient à éviter d'en faire le sujet de nos conversations. Combien de fois, sans nous rien dire, nous eûmes la certitude que le même objet nous occupait également! Nous avions tellement pris l'habitude de nous taire et de nous entendre, que lorsque Suzette me voyait pleurer, elle me disait aussitôt :

— Vous le reverrez, madame; je suis sûre que vous le reverrez.

Quand je la voyais triste, je ne pouvais lui offrir la même consolation.

Cette femme intéressante me devint bientôt si chère, que j'eusse préféré sans balancer ma misère, Suzette et mon fils, à l'opulence sans elle ou sans lui; mon cœur ne faisait plus aucune différence entre eux. Quelle âme noble! quelle résignation à son sort! avec quelle amabilité elle se prêtait aux désirs de son époux, dont tous les goûts étaient en contradiction avec les siens! Plus son esprit se développait, plus elle reprenait cet amour de la simplicité qui n'appartient qu'aux grands caractères dans les hommes, à la délicatesse des sentiments dans les femmes. Forcée souvent de recevoir du monde ou de courir les fêtes, avec quel plaisir elle revenait partager ma solitude! Dîner tête-à-tête avec moi était pour elle une jouissance préférable à tout. Elle avait voulu que je fusse toujours servie dans mon appartement, et c'était là qu'elle aimait à se trouver, c'était là que nous faisions nos lectures, et qu'elle recevait les leçons de divers talents qui lui devinrent bientôt familiers. Instruire Suzette n'était vraiment que développer en elle le germe de toutes les vertus que la nature lui avait données.

Je passai un an sans aucun événement remarquable, espérant toujours recevoir des nouvelles de mon Adolphe. Hélas! c'était tout ce qu'il m'était permis d'espérer, s'il vivait encore.

Une nuit Suzette rentra chez moi; elle revenait d'un bal. A son retour, le portier lui avait remis le billet suivant, qu'elle accourut aussitôt me communiquer, bien sûre que je ne lui en voudrais pas d'avoir troublé mon sommeil :

« Madame, j'arrive d'Angleterre, où je n'ai rien négligé pour m'informer du sort de M. de Senneterre. Quoiqu'il demeure à Londres, je n'ai pas eu l'honneur de le voir. Il était absent; mais j'ai su qu'il se portait bien. Si vous voulez me recevoir demain dans la matinée, je me ferai un véritable plaisir de vous donner des renseignements plus détaillés. »

La joie de Suzette tenait du délire; la mienne surpassait les forces de mon âme.

— Il vit, répétait-elle à chaque instant.

— Est-il heureux du moins? m'écriai-je.

Cette réflexion nous attendrit également toutes deux, et nous passâmes une grande partie de la nuit à tenter vainement de savoir ce qu'on nous apprendrait le lendemain, et à hâter, par nos vœux, l'heure de la visite qui nous était promise.

— Quelle est la personne qui vous a écrit ce billet? demandai-je à Suzette. Vous ne m'aviez point parlé de cela.

— Je craignais, madame, de vous faire partager mon inquiétude. Je savais que votre fils n'était plus à Philadelphie. M. Chenu, de concert avec moi, avait fait prendre des renseignements, et nous étions convenus de les taire, puisqu'ils n'offraient rien de satisfaisant. Il y a un mois environ que je me trouvai dans une maison où quelqu'un parlait d'un voyage qu'il était obligé de faire à Londres; sachant que tous les Français y sont enregistrés, je le priai si instamment de s'informer de M. de Senneterre, de lui parler s'il venait à le rencontrer, qu'il me promit de remplir exactement ma commission. Il me demanda de quelle part il faudrait qu'il lui fît des questions : « Est-ce de la vôtre, madame ? ajouta-t-il. — Cette demande me fit rougir involontairement. — Non, monsieur, lui répondis-je, vous lui parlerez au nom de la plus tendre des mères. » Il m'objecta qu'il serait peut-être plus sûr de le charger d'une lettre ; mais je lui fis sentir combien il serait cruel pour cette mère infortunée de se livrer à un nouvel espoir dont rien ne garantissait la réussite ; je lui peignis votre amour pour ce fils unique avec tant de chaleur, qu'il jura de ne rien épargner pour vous satisfaire. « Il viendra demain, madame, ajouta-t-elle ; le recevrez-vous en vous faisant connaître ? — Le recevrai-je seule ? — Nous le recevrons toutes deux, mon amie, et si vous voulez donner des ordres pour qu'on le fasse monter chez moi, nous y serons plus en liberté. »

Elle m'embrassa en m'exhortant à réparer le sommeil perdu, je lui adressai le même souhait ; mais, en nous revoyant le matin, nous ne nous demandâmes ni l'une ni l'autre comment nous avions passé la nuit.

Le voyageur qui avait fait annoncer sa visite fut exact. Après les compliments d'usage, il me dit :

— Je suis fâché, madame, que mes affaires ne m'aient pas permis d'attendre le retour de M. de

Senneterre; j'aurais eu trop de satisfaction si j'eusse rapporté à sa mère les consolations dont elle a besoin. J'ai dîné chez M. Birton, négociant à Londres; c'est près de lui que votre fils demeure. L'éloge que j'en ai entendu faire est au-dessus des expressions que je pourrais employer. Consolez-vous, madame, il a trouvé des amis dans son malheur.

— Saura-t-il du moins, monsieur, que c'est sa mère infortunée qui a décidé votre démarche ?

— Quand je vous ai nommée, madame, il m'a été facile de voir que vous n'étiez pas inconnue à la famille de M. Birton. Excellente mère, m'a dit cet homme, excellent fils; rien n'adoucira son chagrin d'en être séparé. Il en parle sans cesse, et ne peut se pardonner de l'avoir quittée. En vérité, ajouta M. Birton, je ne puis concevoir les motifs qui l'y ont décidé : car ce jeune homme est trop sage pour ne pas connaître l'étendue de ses devoirs, et c'en était un pour lui de ne pas abandonner sa mère.

En ce moment, je regardai Suzette; elle était pâle et tremblante, comme si le reproche de M. Birton se fût directement adressé à elle; je lui pris la main avec amitié, et je m'empressai de répondre que l'âge de mon fils était sa première excuse; que les découvertes que j'avais été à portée de faire depuis son départ m'avaient fait regretter d'y avoir contribué moi-même. Je n'avais pas abandonné la main de Suzette ; elle serra la mienne avec l'expression de la plus vive reconnaissance.

— Que je m'en veux aujourd'hui de ma prudence ! dit-elle. Si je n'avais craint votre sensibilité, madame, monsieur se serait volontiers chargé d'une lettre, et votre fils n'aurait pas été privé du plus grand des bonheurs.

— N'ayant pas l'honneur de connaître Mme de Senneterre, répondit le voyageur, j'ai laissé chez M. Birton l'adresse de Mme Depréval, en assurant que les lettres que votre fils enverrait vous seraient exactement remises ; de son côté M. Birton m'a donné l'adresse de son correspondant à Hambourg ; la voici, madame : ainsi tout sera bientôt réparé. Je dois ajouter cependant que cet honnête négociant a paru étonné que vous n'ayez pas reçu des nouvelles de M. de Senneterre ; il assure qu'il n'a négligé aucune occasion possible de vous écrire.

— Et qui aurait pu me découvrir ? m'écriai-je ; les malheureux sont si vite oubliés ! Pauvre Adolphe ! qu'auras-tu pensé de mon silence ? Mais, monsieur, est-ce là tout ce que vous savez de mon fils ? Votre billet nous a donné l'espérance qu'il se porte bien.

— On me l'a dit à moi-même, madame, en ajoutant qu'une tristesse profonde nuisait seule à sa santé ; il a des accès de mélancolie dont rien ne peut le distraire. Un Français que j'ai rencontré à Londres, et qui connaît M. de Senneterre, le soupçonne de regretter en ce pays une autre personne que sa mère. J'ignore ce qu'il y a de vrai dans cette assertion; je la révoquerais d'autant plus volontiers en doute, que le négociant auquel j'étais adressé m'a affirmé qu'une des filles de M. Bitton, très belle, j'ai eu l'honneur de la voir, avait conçu de l'inclination pour votre fils, et que M. Bitton lui-même, qui passe pour être fort riche, verrait ce mariage avec plaisir.

La figure de Suzette se couvrit des couleurs les plus vives; il était trop facile de voir que cette nouvelle imprévue la jetait dans un trouble qu'elle voulait en vain se dissimuler à elle-même; aussi se pressa-t-elle d'affirmer que ce mariage comblerait de joie les amis de M. de Senneterre, s'il lui procurait un bonheur.... Il lui fut impossible d'achever

— Il n'y a peut-être rien de réel dans tout cela, reprit le voyageur; mais j'ai cru devoir vous dire ce que j'ai appris. En effet, si votre fils, madame, aimait avant de sortir de France, et que cet amour augmente encore aujourd'hui la tristesse qu'il éprouve loin de sa mère et de sa patrie, il est difficile de croire qu'il pense à se marier. L'espoir n'abandonnent jamais les hommes, surtout quand leur cœur est vivement affecté.

— De l'espoir ! s'écria Suzette, il est des positions dans les pareilles on n'en conçoit plus. J'ignore si c'est la sienne, dit-elle confuse de son exclamation ; mais il serait à souhaiter qu'il épousât Mlle Birton. Vous dites qu'elle est très belle, monsieur ?

— Sans vouloir lui faire un compliment, on pourrait affirmer qu'elle vous ressemble beaucoup.

Suzette étouffa un soupir.

— Cependant, ajouta-t-il, elle n'a pas cette teinte de sensibilité répandue sur vos traits, et la sévérité de sa figure nuit beaucoup à son agrément. Elle n'est que belle.

Suzette se leva, je l'imitai ; je souffrais de sa position. Nous fîmes les remerciements les plus vifs à la personne qui avait si obligeamment secondé les intentions de Mme Deprèval, et nous nous retirâmes chacune dans notre appartement.

Plus les hommes multiplient leurs affections, plus ils augmentent leurs plaisirs et leurs chagrins. J'aurais dû être heureuse de savoir mon fils estimé, chéri dans une maison devenue son asile ; j'aurais dû jouir d'avance de l'espoir de recevoir une lettre de lui, et de pouvoir lui envoyer bientôt les bénédictions de sa mère ; mais ma joie même me devenait pénible par les efforts que j'étais réduite à faire pour la concentrer. Chaque jour me dévoilait le cœur de Mme Depréval ; j'y lisais un amour malheureux que je ne pouvais autoriser, et que sa vertu la forçait de me cacher. Il y aurait eu de la barbarie de ma part à la ramener sans cesse sur un objet pénible si elle le redoutait, et de l'imprudence à l'en entretenir si elle le désirait. Elle était plus triste qu'à l'ordinaire, et, craignant d'en approfondir la cause, je n'osais plus lui parler ; elle me fuyait également, et nous étions toutes deux réellement à plaindre. Cet état ne pouvait durer ; mais je ne savais pas comment en sortir. Occupée de ces réflexions, je versais un matin des larmes sur ma cruelle destinée, quand Suzette entra chez moi. Tout en elle annonçait qu'un grand dessein occupait son esprit ; elle avait dans tous ses gestes, dans l'expression de sa physionomie, quelque chose de triste et de sublime tout à la fois. Elle se plaça vis-à-vis de moi, puis me prenant les mains et fixant ses yeux sur les miens, elle me dit :

— Pensez-vous à écrire à votre fils ?

— Je ne pense qu'à lui, Suzette.

— Lui écrire suffit donc à votre cœur ?

— Que pourrais-je espérer davantage ?

— Ah ! madame, que n'espère-t-on pas quand on est libre ? et vous avez le bonheur de l'être.

— Que voulez-vous dire, mon amie?

— Qu'il faut partir, madame.

— Partir!

— Oui, partir, ajouta-t-elle avec un courage qui trahissait à peine son émotion. Tout est prévu, tout est prêt; tout, excepté votre aveu. Votre fils souffre loin de sa mère; votre tristesse trahit malgré vous les tourments de votre âme. Je vous ai obtenu un passe-port; le mari d'Augustine vous accompagnera; vous le renverrez quand vous croirez n'en avoir plus besoin; vous le garderez si des événements que je ne peux prévoir vous engagent à revenir. Ses ordres, et il les remplira, sont de ne consulter que votre volonté et d'y céder en tout. Que rien de ce qui pourrait enchaîner vos pas ne vous occupe; je le répète, tout est prévu. O ma bienfaitrice! je n'ose m'expliquer davantage; mais la fortune de Suzette n'est que le produit de sa dot; elle vous appartient tout entière.

Revoir mon Adolphe, le presser contre mon sein, Dieu puissant! m'avez-vous réservé tant de bonheur? Telle fut ma première pensée; mais la réflexion vint bientôt la dissiper.

— Cruelle amie, disais-je à Mme Depréval, deviez-vous tenter le cœur d'une mère? Moi, vous abandonner! le pourrais-je sans ingratitude? n'êtes-vous pas aussi ma fille? Réunir mon fils et Suzette n'est pas en mon pouvoir, et cependant j'éprouve violemment qu'il me serait impossible de vivre avec l'un sans regretter l'autre. Je souffre à Paris, je souffrirais à Londres. Ne me parlez plus de ce voyage, vous me feriez mourir de l'excès de ma joie ou de l'excès de mon désespoir. Mon fils, Suzette, douleur et consolation de ma vie! O mon Dieu! mon Dieu! m'écriai-je en tombant à genoux, ayez pitié de moi!

Je restais dans cette attitude, les mains fortement appuyées sur mon front, craignant de ne pas résister à la force des émotions qui semblaient vouloir dissoudre tout mon être. Mme Depréval se promenait à grands pas dans la chambre, s'adressant différentes phrases dont les sons inarticulés frappaient mes oreilles; je ne distinguais clairement que le mot *courage* plusieurs fois répété, et de longs soupirs qui me brisaient le cœur. Enfin, elle s'approcha: et, me prenant dans ses bras pour me placer sur mon siège, elle se tint longtemps debout devant moi, dans un état d'immobilité absolue.

— Je comptais sur le courage de Mme de Senneterre, dit-elle sans m'adresser la parole; elle est plus faible que Suzette. Il fut une époque dans ma vie où l'on exigea le sacrifice de toutes mes affections; l'honneur et la mère de celui que j'aimais tracèrent mon devoir; mon âme fut déchirée et mon

6

devoir accompli. Était-ce pour rejoindre un fils, un être cher à mon cœur, qu'il fallait renoncer à ceux près de qui mon enfance s'était doucement écoulée ? Oh mon Dieu ! vous seul connaissiez ce qui se passait alors en moi. Vous pleurez, madame ! comparez votre situation à la mienne. Tout est bonheur pour vous, tout est malheur pour moi. Affligée dans le passé, accablée du présent, je n'ai pas même de ressources dans l'avenir.

— Quel moment, Suzette, prenez-vous pour me reprocher ma conduite trop sévère envers vous ?

— Des reproches ! moi ! Ah ! madame, vous ne le croyez pas. Vous n'avez fait que ce que vous deviez faire, et ma vie entière vous prouvera que Suzette est loin d'accuser sa bienfaitrice. Mais, quand je vous vois balancer...

— Reproche-moi donc aussi mon amitié pour toi, cruelle enfant ! m'écriai-je ; reproche-moi de ne pouvoir vaincre ma reconnaissance, et de céder à ce charme irrésistible qui, dans mon cœur, t'a confondue avec mon fils. Toi seule m'as soulagée dans l'infortune la plus amère ; sans toi, je cesserais peut-être d'exister : et, quand je te sais malheureuse, sans autres consolations que les caresses et les conseils d'une mère, car je suis la tienne, tu veux que je t'abandonne ! Ah, Suzette ! dans la triste situation que tu viens de me rappeler si cruellement, le devoir était d'un côté, la honte ou le bonheur de l'autre; dans ma position, le devoir, la félicité et le désespoir sont tellement partagés, que mon cœur se déchire sans pouvoir se décider. Pourquoi m'as-tu parlé de ce voyage?

— Parce que vous n'en auriez jamais parlé, madame, et que la gloire de vous rendre à votre fils adoucissait la douleur d'être séparée de ma bienfaitrice. Si j'osais approfondir mes pensées les plus secrètes, peut-être trouverais-je la récompense de ma conduite dans la certitude qu'il saura que c'est moi qui lui ai rendu sa mère. N'est-ce pas moi qui l'en ai privé? ajouta-t-elle en se jetant dans mes bras. Mais vous n'en voulez pas à Suzette; vous avez dit qu'elle était la fille de votre cœur..Suzette, l'infortunée Suzette, la fille de Mme de Senneterre! et je pourrais me plaindre de ma destinée. Ah! je ne l'ai jamais mieux senti qu'aujourd'hui : ce n'est pas la fortune, c'est l'amitié, la vertu, qui rapprochent les distances.

Je la tenais pressée contre mon sein, et nos larmes se confondaient quand M. Depréval entra.

— Je vous demande pardon, me dit-il en me regardant d'un air étonné; mais je cherchais ma femme pour lui apprendre qu'elle ne pourra se dispenser du bal auquel elle est engagée pour demain. Quoique cela me contrariât beaucoup, j'avais consenti à ce qu'elle n'y allât pas, ce qui était très désagréable; mais elle est si triste depuis quelques jours, que je suis fort aise de trouver cette occasion de la forcer à s'amuser. N'est-il pas vrai, madame? il faut que les jeunes femmes se dissipent. Je ne la conçois pas, ajouta-t-il en voyant que Suzette annonçait par un mouvement de tête que le bal ne lui convenait pas : qu'est-ce qui lui manque? Si elle veut faire remonter ses diamants, je ne m'y oppose pas; en veut-elle de nouveaux? qu'elle en achète. Je sens bien que ma femme ne doit être éclipsée par personne; aussi, ma foi, je remarque que c'est toujours elle que l'on admire, et ça me fait de l'honneur. Quand on a de l'argent, ne faut-il pas s'en parer? Il y a tant de gens qui n'en ont pas, qu'on est trop heureux de leur faire voir qu'on ne leur ressemble point. Mais je vous dérange : vous pleuriez là toutes les deux de si bon cœur... C'est drôle, cela, je n'ai jamais pleuré de ma vie. Quand j'étais petit cependant, et que par le grand froid j'allais... mais il y a si longtemps! Ah! je devine ce qui vous afflige; c'est le grand voyage, n'est-il pas vrai? Avouez que Mme Depréval a eu là une excellente idée. Je n'y aurais jamais pensé, moi, quoique avec certaines précautions ce soit la chose du monde la plus facile. Mais ma femme pense pour nous deux; elle a une si bonne tête!

— Et un cœur encore meilleur, monsieur, lui dis-je. Vous avez raison d'être fier d'une pareille épouse; les diamants sont sa moindre parure.

— Ça n'y gâte rien, madame, ça n'y gâte rien, quoique je convienne avec vous qu'elle est toujours belle. Eh bien! qu'est-ce que vous dites du voyage? Êtes-vous bien contente?

Suzette ne me laissa pas répondre.

— Mon ami, dit-elle à son mari, crois-tu que Mme de Senneterre est assez bonne pour que le plaisir de revoir son fils balance dans son cœur le regret de nous quitter? J'étais si sensible aux témoignages de son amitié, que, lorsque tu es rentré, je ne trouvais que des larmes pour lui exprimer notre reconnaissance.

— C'est bien fait à elle de nous aimer, car nous l'aimons bien aussi: je ne le lui dis pas, moi, parce que je sais que tu lui expliques cela mieux que moi. Mais tu conviendras que je n'ai jamais mis aucun obstacle à ce que tu as désiré pour elle : au contraire, n'est ce pas?

Suzette ne répondit à son mari qu'en l'embrassant de tout son cœur.

— Eh bien! dit-il en passant la main sur ses yeux, je crois que tu vas me faire pleurer aussi. Oh! que les femmes sont donc... pas toutes cependant; mais cette bonne Mme de Senneterre qui t'a fait apprendre à [illegible] qui a mis tant d'ordre dans notre maison depuis qu'elle y est, qu'en dépensant moitié moins nous avons l'air de gens comme il faut. Et puis je me rappellerai toujours la dot. Vous souvenez-vous de ça, madame ? me dit-il en riant. Combien vous faudrait-il, monsieur Chenu (car je ne m'appelais que Chenu) ? — Madame... J'étais si embarrassé, et pourtant vous n'étiez pas fière. — Je veux absolument que vous me le disiez. — Dame ! madame, six cents livres (c'était beaucoup dans ce temps-là). — Rendez-la heureuse, monsieur Chenu, et comptez, dès ce moment, sur une dot de douze cents livres. Je m'en rapporte à vous, madame, n'est-elle pas bien heureuse ? N'est-ce pas, ma petite Suzette (entre nous, je peux t'appeler Suzette) ! n'est-ce pas que tu es bien heureuse ?

— Oui, mon ami, lui dit-elle en s'efforçant de sourire.

— Ainsi, voilà qui est convenu ; Mme de Senneterre partira dans quatre jours ; et toi tu viendras au bal demain, car je veux absolument que tu t'amuses. Vas-tu encore me refuser ?

— C'est selon, lui répondit cette femme intéressante de l'air de la plus franche gaieté. Si tu veux que j'aille au bal demain, il faut me promettre que nous conduirons Mme de Senneterre jusqu'à Anvers. Je dis nous, parce que j'exige que tu nous accompagnes. Cela nous empêchera toutes deux, ajouta-t-elle en me regardant, de nous livrer à une douleur vraiment au-dessus de nos forces.

— Et tu viendras au bal?

— Oui, mon ami.

— Dans une superbe toilette?

— Oui, mon ami.

— Tu achèteras des diamants nouveaux?

— Oui, mon ami.

— Eh bien! c'est arrangé, dit-il en se frottant les mains. Aussi bien divers employés de notre compagnie sont en retard sur bien des choses, et je profiterai de l'occasion pour visiter tout cela. Par ce moyen, la société paiera en grande partie les frais de mon voyage.

Il nous quitta l'homme le plus content du monde.

— Vous l'emportez, Suzette, lui dis-je aussitôt que nous fûmes seules.

— Nous parlerons de cela dans un moment plus tranquille, me répondit-elle. Ne faut-il pas que je pense à ma toilette de bal?

Et elle se retira dans son appartement.

Abandonnée à moi-même, j'essayai en vain de concentrer toutes mes idées sur le fils chéri que j'allais revoir; je ne pensais qu'à Suzette, dont la conduite excitait si vivement ma reconnaissance et mon admiration. Je me répétais sans cesse combien ses sentiments la mettaient au-dessus des titres et de la fortune, et je regrettais amèrement de l'avoir sacrifiée. Je sentais trop que, n'eût-elle pas conservé pour mon fils un tendre souvenir, son bonheur n'aurait pas été mieux assuré avec M. Depréval. Plus il s'efforçait de faire oublier M. Chenu, plus il le rappelait aux autres et à lui-même; sa femme, au contraire, semblait ne vouloir être toujours Suzette que pour s'élever plus aisément au dessus d'elle-même. Je me persuadai qu'elle cherchait à rompre avec tout ce qui la contraignait à s'occuper sans cesse de son premier amour, et la manière noble et courageuse dont elle accomplissait ce devoir m'imposait l'obligation de lui cacher mes regrets de la quitter, mon projet d'aller embrasser mon fils.

Ne voulant pas me priver du plaisir de la voir aussi souvent que cela me serait possible, pendant le peu de jours que nous devions passer ensemble, évitant, avec une prudence dont elle me donnait l'exemple, les occasions de nous trouver tête-à-tête, contre mon habitude, j'étais plus volontiers dans son appartement que dans le mien. J'assistai à cette toilette promise à son époux pour prix de sa complaisance. Quelle richesse dans ses ajustements, mais surtout quelle noble élégance dans la manière de les placer! La coquetterie la plus exercée est bornée dans ses ressources ; le goût, chez une femme jeune et sensible, n'a véritablement pas de bornes. Mme Depréval était ravissante, et toute autre que moi aurait pu croire qu'elle jouissait d'un plaisir si naturel à son âge, et surtout à son sexe. Quand ses femmes furent sorties, elle me tendit la main.

— Vous me regardez de l'œil d'une mère, me dit-elle; mais si l'envie que je vais inspirer pouvait lire dans le fond de mon cœur, elle obtiendrait un bien grand triomphe. Quel pénible effort à le sourire sur les lèvres et la mort dans le cœur. Voilà cependant presque toujours le partage de cette opulence qui fait des ennemis de ceux qu'elle humilie, sans contribuer à la félicité de ceux qui l'étalent. Ah! si jamais je peux suivre mes goûts, c'est dans une douce médiocrité que je chercherai, non le bonheur, j'y ai renoncé, mais la tranquillité et la jouissance de moi-même. Combien d'infortunés qui n'ont pas mérité leur sort vivraient du prix d'un luxe qui m'assomme!

M. Chenu entra accompagné de deux jeunes gens, et rompit à propos notre entretien.

L'instant de mon départ arriva. Augustine me fit les plus tendres adieux, et trouva, dans la certitude de rester auprès de Mme Depréval, un adoucissement au chagrin que son amitié lui faisait éprouver en se séparant de moi; le même motif me rendait aussi cette séparation moins pénible. Le mari de cette excellente créature courait devant notre voiture. M. Depréval soutenait seul la conversation; sa femme et moi, nous ne pouvions que nous regarder, cacher nos larmes, et faire des vœux pour que les événements nous permissent un jour de nous réunir. Enfin je m'embarquai avec le mari d'Augustine.

Je ne tenterai pas de rappeler ce que je souffris alors; il est des situations au-dessus des expressions connues. Heureux ceux qui n'ont pas éprouvé les terribles sensations qui déchirent le cœur lorsqu'un vaisseau, poussé par les vents, nous éloigne impérieusement de nos amis au moment où nos caresses vont encore se confondre avec les leurs! On croit les presser pour la dernière fois contre son sein, et l'on n'embrasse que le vide, image effrayante de l'avenir qui s'ouvre devant nous. Pauvre Suzette! toi seule m'occupais alors; mais il était écrit que, de près ou de loin, tu déciderais de toutes les impressions de mon âme. A peine fus-je placée dans le vaisseau, que le mari d'Augustine me remit un paquet cacheté; Mme Depréval lui avait ordonné de ne me le rendre qu'au moment où les éléments nous auraient séparées, et je vis une boîte dont la richesse aurait fixé mon attention, si elle n'eût été absorbée par le portrait de cette amie chérie, non telle que je venais de la quitter, mais sous ses habits villageois, symbole de la pureté qu'elle avait conservée dans l'opulence. Je l'ouvris, et je m'aperçus que ce présent n'était qu'une nouvelle invention de sa reconnaissance; en effet, la boîte contenait plusieurs billets de banque, et ce peu de mots écrits de sa main : *La dot et le cœur de Suzette.*

J'arrivai à Londres sans le moindre accident, et je revis enfin cet Adolphe tant désiré. En le serrant dans mes bras, j'oubliai tous mes malheurs. Combien je le trouvai changé! Quelle teinte de tristesse les événements avaient empreinte sur ce visage autrefois l'image vivante de la gaieté et de la douceur! mais aussi combien son caractère, si heureusement disposé par la nature et l'éducation, avait acquis de raison et d'énergie! S'il est vrai que les Français soient le peuple le plus léger que l'on connaisse, il n'est pas moins vrai qu'il est le seul aussi que l'infortune ne puisse atteindre sans déployer en lui des qualités qui forcent l'admiration même de ses ennemis. A vingt-six ans mon fils était un homme dont tous les gouvernements se seraient honorés, et que toute autre qu'une mère n'eût pu aimer sans être fière de son amour. Aux marques d'amitié que je reçus de la famille de

M. Birton, il me fut aisé de m'apercevoir combien mon fils en était chéri.

Quand je fus retirée dans mon appartement, je ne pus m'empêcher de réfléchir sur le danger d'entretenir Adolphe de cette Suzette qui, dans les premiers élans de sa vie, avait à jamais décidé de son sort; mais je sentais qu'il me serait impossible de lui parler de moi sans lui parler de mon amie, je sentais plus vivement encore le besoin de lui exprimer ma reconnaissance. L'image de Suzette était gravée dans mon cœur, son nom était à chaque instant sur mes lèvres. Me taire devenait un effort dont je me sentais incapable; j'aurais cru être ingrate en cachant le nom de ma bienfaitrice. Je m'accusais dans ma conduite passée en la nommant; mais la vérité était le seul parti compatible avec la justice et mes sentiments: ce fut aussi celui que j'adoptai.

Ainsi que je l'avais prévu, mon fils vint à mon réveil; il était pressé du désir naturel de connaître ce qui avait rapport à sa mère. Je ne lui cachai rien de mes malheurs, mais je ne lui parlai de ma bienfaitrice que sous le nom de Mme Depréval. Avec quelle sensibilité il appela les bénédictions du Ciel sur cette femme qui l'avait remplacé près de moi, tandis qu'il gémissait au loin sur les suites d'une passion si malheureuse!

— Ah, ma mère ! si je peux jamais voir Mme Depréval, c'est à genoux que je la remercierai d'avoir adouci les malheurs dans lesquels votre fils vous a entraînée. Tant de bonté, tant de grandeur d'âme, unies, dites-vous, à la beauté la plus parfaite ; si cette femme n'est pas heureuse, pour qui donc la Divinité a-t-elle réservé le bonheur ?

— On aime, lui répondis-je, à fixer ses idées sur ceux que l'on n'a jamais vus, et dont on entend souvent parler ; comme il me serait cruel de ne pouvoir vous entretenir de mon amie, considérez son portrait, mon fils, et dites-moi franchement si ma conversation ne troublera pas votre tranquillité.

Je lui présentai ma boîte.

Il examina le portrait de Suzette, et me regardant ensuite avec des yeux qui me firent trembler de l'épreuve que je venais de tenter, il cria :

— Malheureux, son image te suivra donc partout ! Ah, madame, deviez-vous déchirer le cœur de votre fils ? ajouta-t-il après un long silence pendant lequel il n'avait cessé de considérer le portrait. Voilà bien tous les traits de l'infortunée qui m'a séparé de ma mère ; mais qu'ont-ils de commun avec celle qui me l'a rendue ?

— Mme Depréval, lui dis-je, ma bienfaitrice, celle qui vous a éloigné de moi, celle qui m'a rapprochée de vous, cette femme enfin qui m'a fait connaître [illegible] de plus cruel et de plus doux dans [illegible] Suzette. Répondez-moi mon fils, me sera-t-il [illegible] d'en parler ?

— Je [illegible] ma mère, et j'ose vous jurer que jamais [illegible] n'imposera silence à votre reconnaissance [illegible] Suzette! excellente Suzette! mon cœur [illegible] ta conduite a justifié jusqu'aux [illegible] de la mienne. Nous en parlerons souvent. [illegible] ne peut faire de mal à votre fils [illegible] l'institutrice de ma mère, n'est plus une [illegible] pour [illegible] c'est une divinité dont je peux [illegible] prononcer le nom sans danger, mais [illegible] Il est [illegible] terme où l'amour se [illegible] l'avoir atteint [illegible] Suzette, [illegible] heureuse que moi, [illegible] tu n'es plus libre.

[illegible] Adolphe ne me parla plus de son [illegible] chaque jour il me pressait de lui répéter quelques circonstances du temps que j'avais passé chez Mme Deprévai: les plus petits détails se gravaient dans sa mémoire, et quelquefois il me les racontait à son tour. Jamais nos conversations ne finissaient sans que je lui entendisse répéter [illegible]

— Pauvre Suzette [illegible] n'est pas heureuse; c'est [illegible]

Je pensais [illegible] le mari d'Augustine, qui ne m'était d'aucune utilité, et que d'ailleurs je ne voulais pas tenir éloigné de sa femme et de la place que M. Depréval lui avait donnée. Mon fils le récompensa de son zèle, et je le chargeai de la lettre suivante pour mon amie :

Mme de Senneterre à Mme Depréval.

« Je suis arrivée, ma chère fille, sans aucun accident. Mon voyage a été bien triste, vous le croirez sans peine, vous dont le cœur est toujours d'accord avec le mien. J'avais pour consolation l'espoir de rejoindre mon fils ; vous, mon amie, vous aurez trouvé le soulagement de notre séparation dans cette âme sensible et généreuse qui vous élève au-dessus de ce qui vous est personnel, quand vous avez des devoirs à remplir ou des bienfaits à répandre. Je vous renvoie la dot de Suzette dont je peux me passer, ainsi que vous en conviendrez vous-même ; mais je garderai toute ma vie son cœur et son portrait.

« Au plaisir que j'éprouve en le considérant, je jouis d'avance de celui qu'aura ma fille, en recevant le mien ; c'est celui que je donnai à M. de Senneterre la veille de notre mariage. Si, dans l'éternité où il repose, il peut connaître tous les motifs qui me portent à vous l'offrir, j'ose affirmer, ma chère fille, qu'il applaudira à cette action. Le temps et les chagrins ont altéré sa ressemblance ; mais le temps, les malheurs ou l'opulence ne vous empêcheront pas de dire en le regardant : Toujours, toujours ma mère, comme je répéterai jusqu'à mon dernier soupir, en fixant le vôtre : Toujours, toujours Suzette.

« J'ai retrouvé mon fils, et je me contenterai de vous dire que tout ce qui peut justifier l'amour-propre, si naturel quand on parle de ses enfants, est réuni en lui. Sa santé est très bonne ; la joie de me revoir et de connaître la situation heureuse de ma bienfaitrice a diminué en partie cette mélancolie dont on m'avait parlé, et qui m'avait singulièrement frappée le jour de mon arrivée.

« Sans approcher de l'opulence pour laquelle il était né, et qui si rarement influe sur le bonheur, il jouit d'une honnête aisance. Mon frère, qui est mort d'une manière si terrible à Saint-Domingue, avait cinquante mille écus placés chez un négociant à Philadelphie, correspondant et associé de M. Birton, chez lequel nous demeurons. C'est lui qui a adressé mon fils à cette famille respectable, quand il a désiré se rapprocher de la France, dans l'espoir de trouver plus facilement l'occasion de savoir des nouvelles de sa mère. Mon fils était encore mineur et d'ailleurs ces fonds m'appartenaient ; mais heu-

Il examina le portrait de Suzette.

reusement les lois de ce pays à l'égard des émigrés français, permettent à ceux qui y résident de jouir par anticipation, sans autre condition que celle de rendre les fonds au premier possesseur s'il se présente, et sous le serment, prononcé sur l'Évangile, de ne pas faire sortir de l'argent du royaume. Ainsi Adolphe était à l'abri du besoin, et la somme principale, restée dans le commerce de M. Birton, a progressivement augmenté. Vous voyez, ma chère amie, que le Ciel a exaucé les prières que je lui adressais pour mon fils. Ah ! sans doute, il écoutait aussi les vœux qu'Adolphe formait pour sa mère, quand, sans le savoir, je dirigeai mes pas vers votre demeure.

« Il est probable que mon fils n'a jamais pensé à contracter aucun engagement avec miss Anna Birton, qui effectivement est aussi belle qu'on nous l'avait dépeinte ; car, depuis mon arrivée, il me presse de quitter Londres, dont la vie n'aurait rien d'agréable pour moi, et d'acheter un petit bien où je pourrai vivre doucement au milieu de toutes mes anciennes habitudes. Vous m'avez prouvé, Suzette, que la bienfaisance est la plus belle des vertus, et que les bons cœurs trouvent toujours des motifs pour ne s'en corriger jamais. Il est certain que la campagne me plaira beaucoup : j'en ai pour garant le plaisir qu'Adolphe se promet en y vivant avec moi, et nous allons sérieusement penser à cette affaire. Si les circonstances permettent un jour, et il faut l'espérer, que Mme Depréval vienne m'y rendre visite, je jouirai de tout le bonheur que mon cœur ne cessera de désirer jusqu'à cette époque.

« Bonjour, ma véritable amie ; ne négligez aucune occasion qui vous permettra de me donner de vos nouvelles. Votre mère vous bénit, vous embrasse, et vous recommande l'exercice des vertus qui vous sont si faciles.

« *P.-S.* Mon fils voulait ajouter quelques mots à ma lettre ; j'ai cru plus honnête qu'il s'adressât à votre époux ; je renferme la lettre qu'il lui adresse dans la mienne. »

Adolphe de Senneterre à M. Depréval.

« Monsieur, daignez recevoir mes remerciements bien sincères des bons offices que vous avez rendus à ma mère ; l'expression manque à ma reconnaissance ; mais je sens vivement qu'elle ne finira qu'avec ma vie. Soyez, je vous prie, auprès de votre épouse l'interprète de mes sentiments. Ce que Mme de Senneterre m'a dit de ses vertus, de sa sensibilité, m'a rappelé que, dès son enfance, j'avais deviné toutes les qualités qu'elle posséderait un jour. Lorsque tout a changé autour de soi, on est trop heureux de retrouver, dans ses souvenirs, quelque chose qui nous ramène à notre ancienne existence; et rien ne peut me la faire envisager sous un rapport plus conforme à la situation de mon cœur, que l'amitié qui lie aujourd'hui Mme Depréval et ma mère. J'ai l'honneur d'être, Monsieur, etc. »

M. Birton mit tant de zèle à nous obliger, que, cinq semaines après mon arrivée en Angleterre, je terminai l'acquisition d'une terre telle que je la désirais dans ma situation, et avec la somme dont je pouvais disposer. Elle n'était qu'à vingt milles de Londres. Nous nous y rendîmes de suite, mon fils et moi, afin d'être à même d'y recevoir la famille de cet honnête négociant qui se faisait un plaisir de nous prouver, par cette visite, l'intention bien marquée de continuer la liaison formée entre eux et nous.

Lorsque M. Birton arriva, il me remit une lettre qu'il avait reçue depuis mon départ. Elle était de Suzette. Je saisis le premier instant où il me fut possible de me retirer pour la lire, pressée de jouir à la fois du plaisir d'être au milieu de mes nouveaux amis, et de m'entretenir un moment avec ceux que j'avais laissés en France. Que devins-je en apprenant les nouvelles suivantes!

Mme Depréval à Mme de Sennecterre.

« Madame, que je me plaindrais aujourd'hui d'être séparée de vous, si le bonheur dont vous jouissez n'imposait silence à mes regrets ! Jamais Suzette n'eut autant besoin de vos conseils et de vos consolations. M. Depréval n'est plus. Un accident terrible m'a ravi un époux que je devais aimer, puisqu'il a fait mon bonheur autant qu'il a dépendu de lui. Mes pleurs sont sincères : vous le croirez, Madame, vous qui avez été témoin de ses bontés pour moi ; vous le croirez, quand vous connaîtrez la manière dont il a péri.

« A peine étions-nous de retour à Paris, que M. Depréval, frappé de la tristesse qui me consumait, et que tous mes efforts ne pouvaient lui cacher, crut qu'une fête dont je serais l'objet deviendrait pour moi un sujet de dissipation. Il m'avait forcée à me montrer dans un si grand nombre de bals cet hiver, qu'il nous devenait indispensable de rassembler une fois, dans notre maison, ceux chez qui nous avions été reçus. Je respectai son motif, et vous savez d'ailleurs que mon habitude fut toujours de ne pas m'opposer à ses jouissances. Les préparatifs de cette fête furent pour lui une occupation délicieuse ; il mettait de l'amour-propre à surpasser tout ce qu'il avait vu.

« Après avoir fait abattre et reconstruire pour décorer une salle telle qu'il la désirait, après avoir présidé à tous les travaux, il examinait son ouvrage ; il en jouissait. Le mari d'Augustine venait d'arriver, et m'avait remis le paquet dont vous l'aviez chargé pour moi. Oh ! ma mère ! de combien de baisers je couvris ces caractères sacrés, avec quelle ardeur je me promis de me rendre toujours digne d'une amitié si honorable pour votre fille infortunée ! Pressée de remettre à M. Depréval la lettre de votre fils, je cours à son cabinet ; on me dit qu'il est dans le salon avec quelques ouvriers ; j'y passe, et, l'embrassant dans toute la joie de mon cœur, je lui présente l'écrit qui lui était destiné. Pendant que je le lui lisais, un lustre que l'on arrangeait, et sous lequel il était placé, tombe : M. Depréval est renversé. Un morceau de cristal entra si profondément dans sa tête, qu'il perdit aussitôt connaissance. Noyé dans son sang, je le fais transporter sur son lit ; ses douleurs lui arrachaient des cris aigus qui me déchiraient l'âme. Les chirurgiens appelés n'osent donner aucun espoir avant l'opération, et c'est pendant l'opération même, au milieu de tourments inouïs, que mon époux expire.

« Seule au monde, sans parents, avec beaucoup

de connaissances, et pas un ami, atterrée par cette mort subite et violente, je gémissais dans mon appartement, quand Augustine eut le courage de m'apprendre toute l'horreur de ma situation. Depuis notre séjour à Paris, M. Depréval avait perdu l'habitude de me confier ses affaires, ses associés lui ayant persuadé que rien n'était plus ridicule. Forcée d'examiner ses papiers, de me faire rendre compte par les commis, je me suis bientôt convaincue que cette opulence fastueuse n'avait aucun fondement solide. Une grande circulation d'argent rendait faciles de grandes dépenses. On lui doit beaucoup ; mais consultant plus sa vanité que tout autre sentiment lorsqu'il prêtait, la plupart des billets n'ont aucune valeur réelle. Il doit aussi de son côté ; et, comme il y a eu de fortes parties mises à l'arriéré par le gouvernement, rien n'est plus difficile que de terminer de pareils comptes, dès l'instant que M. Depréval cesse de pouvoir continuer les mêmes opérations. Ajoutez les prétentions de sa famille, dont plusieurs membres se sont déjà installés dans ma maison, et me regardent comme la ruine de leurs prétentions ou l'obstacle à leur rapacité, et vous aurez à peu près l'idée de ma situation.

« Toutes mes connaissances disparaissent ; je n'en suis point surprise ni affligée : si j'eusse été libre de mes actions, je les aurais prévenues dans cette désertion, qui n'est indécente que par le moment qu'elles choisissent. Je sais que, pour se disculper de la bassesse de leur conduite envers moi, elles m'accusent d'avoir ruiné mon époux par mon luxe et ma coquetterie. Mais j'ai appris de vous, ma mère, qu'il n'y a de vrai juge que notre conscience, et la mienne est tranquille. Ah! si vous étiez encore avec moi, je ne balancerais pas à faire un abandon total de mes droits aux héritiers de M. Depréval; car je suis persuadée que ses affaires arrangées laisseront encore un actif assez considérable. Mes diamants seuls suffiraient pour nous faire vivre dans cette médiocrité après laquelle j'ai toujours soupiré. Conseillez-moi, que dois-je faire? que deviendrai-je? Seule, absolument seule au monde, à mon âge! ô ma mère! vous plaindrez votre Suzette; votre amitié est l'unique bien qu'elle désire, le seul aussi que les événements ne pourront jamais lui enlever.

« Je ne le cacherai pas à celle qui a l'habitude de connaître mes plus secrètes pensées; bien des fois je me sens prête à céder au découragement, mais, quand je fixe les yeux sur votre portrait, que je me rappelle ce que vous avez été, et la résignation avec laquelle vous avez supporté les coups du sort, je retrouve un peu de courage. Seule dans le monde, cependant, Madame, cette idée est affreuse ! Ah ! si votre fils eût épousé miss Anna Birton, j'aurais du moins l'espoir que vos bras me seraient ouverts. Il ne faut pas y penser, je ne le sens que trop. »

Quand je revins vers la société que j'avais chez moi, je fis tous mes efforts pour cacher le chagrin que m'avait causé la lettre de Suzette ; c'est à l'œil de mon fils que je ne pus pas faire illusion. Il n'ignorait pas que j'avais reçu des nouvelles de France, et l'inquiétude qui se peignait dans ses regards augmentait encore l'embarras de ma position.

— Elle va très bien, m'empressai-je de lui dire en lui serrant la main ; ce soir, venez me trouver dans mon appartement, je vous donnerai de plus grands détails.

Ce peu de mots suffirent pour le calmer, et nous pûmes nous livrer entièrement à la satisfaction de posséder la famille de M. Birton. Elle n'attendait pas de nous des éclats de gaieté, mais cette amitié douce et aimable qui n'appartient qu'au cœur, et qui n'effaçait pas les douloureuses sensations que la lettre de Suzette avait fait naître en moi.

— Mon fils, dis-je à Adolphe aussitôt que nous fûmes sans témoins, voici les nouvelles que j'ai reçues : lisez-les, et dites-moi sans détour l'effet qu'elles produiront sur vous. Pour vous engager à la confiance, je vous avouerai que, quels que soient vos projets, je les approuve d'avance. Je sais ce qu'il m'en a coûté pour avoir voulu être plus sage que vous ; je me contenterai désormais de vous donner des conseils, si vous les réclamez ; mais jamais je ne prendrai sur moi de décider votre conduite. »

Je lui remis alors la lettre de Mme Deprével. Je le considérais avec attention pendant qu'il la lisait ; mais sa physionomie changeait si souvent, tant de sentiments s'y peignaient successivement, et souvent à la fois, qu'il m'était impossible de distinguer lequel dominait en lui. Il garda quelque temps le silence, et recommença de nouveau à lire la lettre entière, mais avec le plus grand calme.

— Vous m'avez promis, madame, de ne vous opposer en rien à mes volontés : eh bien ! dans la malheureuse situation où se trouve votre fille, il n'est qu'un parti à prendre. Écrivez-lui, ma mère, pressez-la de venir vous rejoindre, et chargez-moi de porter votre lettre.

— Vous, Adolphe ! m'écriai-je.

— Elle est seule au monde, madame, et il n'y a que l'un de nous qui puisse voler à son secours.

— Et le danger pour vous de rentrer en France ?

— Si je ne considérais que moi, je le braverais

sans effroi ; mais je n'oublie pas ce que je dois à ma mère, et j'ose vous répondre que les dangers sont bien faibles auprès des motifs qui me déterminent. A cet égard, je consens à m'en rapporter à M. Birton ; nous le consulterons, si vous le désirez.

— Tout ce que vous voudrez, mon fils, je le répète encore ; mais croyez-vous que Suzette consente à vous suivre ?

— Elle ne m'aime donc plus, madame ! Plusieurs fois vos discours m'avaient fait soupçonner le contraire.

Je gardai le silence.

— Eh bien ! ajouta-t-il, quand elle aurait cessé de m'aimer, serait-ce une raison pour moi de changer de résolution ? Ne dois-je pas mon existence entière à la bienfaitrice de ma mère, à celle qui me l'a conservée, qui a fait plus, qui me l'a rendue ? Si j'étais marié, dit-elle, elle viendrait se jeter dans vos bras : j'en fais ici le serment, s'il fallait ce sacrifice à son bonheur et au vôtre, je n'hésiterais pas un seul instant.

— Embrassez-moi, mon fils ; vos sentiments font la gloire et la félicité de votre mère. Ah ! je l'avoue avec joie, Suzette et vous étiez nés l'un pour l'autre. Doués de la même sensibilité, capables tous les deux de sacrifier à vos devoirs la passion la plus vive à votre âge, j'ose espérer que votre réunion ne trouvera pas d'obstacles. Mais quelle nécessité de vous exposer à de nouveaux orages ? Suzette viendra, n'en doutez nullement ; une lettre de sa mère suffira.

— Le croyez-vous, madame, vous qui la connaissez ? Une lettre peut se perdre ; mais, quand elle arriverait assez vite pour empêcher que votre fille ne succombât à cette solitude qui fait son désespoir, ne tremblez-vous pas que l'excès de sa délicatesse ne l'égare ? Elle craindra de ne devoir votre approbation qu'à mes larmes ; elle se croira généreuse en renonçant au bonheur ; elle prolongera notre incertitude et ses tourments. Quel que soit l'abandon où elle est plongée, ah ! qu'une femme aussi modeste que Suzette aura d'efforts à faire avant de se décider à venir au-devant d'un époux, si vous prononcez ce nom ; et si vous ne le prononcez pas, n'est-il pas de son devoir de s'éloigner plus que jamais de votre fils ? Dans sa position, que de bienséances à respecter ! Elles sont des obligations pour les cœurs délicats. Qui peut les vaincre, si ce n'est l'amour ! Qui plaidera devant Suzette sa propre cause, si ce n'est moi ? Mais je compte à peine sur l'amour : ce qui la décidera, ma mère, ce qui seul, en effet, pourra vaincre tous les obstacles, c'est l'apparence du danger auquel je m'exposerai pour elle. Elle me suivra, dans la crainte de vous ravir encore une fois votre fils.

— Adolphe ! Adolphe ! je le vois trop, il n'est qu'un sentiment auquel rien ne soit impossible : c'est l'amour. Mettez, sans hésiter, au nombre des motifs qui vous entraînent, le plaisir de la revoir plus tôt, de jouir des émotions que lui inspirera votre vue, de goûter enfin dans toute son étendue le bonheur d'être aimé.

— Eh bien ! ma tante, si votre fils aspirait à tant de félicité, le blâmeriez-vous ?

— Non, mon ami. Nous consulterons M. Birton, et je vous promets de m'en rapporter à lui.

Il m'embrassa, et je restai trop occupée de sa joie, de son espoir et de mes craintes, pour pouvoir me livrer au sommeil. Autant que lui, je désirais posséder Suzette ; je sentais depuis longtemps que notre bonheur mutuel était dans cette réunion. Elle seule pouvait exercer et satisfaire cette profonde sensibilité qui avait toujours fait le principal caractère d'Adolphe ; j'avais assez lu dans le cœur de Suzette pour être persuadée que lui seul devait la rendre heureuse ; et, sans elle ou sans mon fils, mon existence n'était réellement pas complete. Cette disposition ne me calmait pas sur le projet du voyage, mais elle m'ôtait la force de m'y opposer. D'ailleurs, parmi les motifs que l'amour avait suggérés à Adolphe, il y en avait plusieurs qui me paraissaient aussi plausibles qu'à lui. J'avais promis de m'en rapporter à M. Birton ; j'attendis avec inquiétude ce qu'il déciderait.

Le lendemain, de bonne heure, mon fils l'amena dans mon appartement : il lui avait déjà fait confidence de son voyage, et ne lui avait rien caché des raisons qui le déterminaient à l'entreprendre. M. Birton me demanda si j'avais quelques motifs particuliers d'appuyer ce projet ; « car, ajouta-t-il, jusqu'à présent, je ne vois encore aucune nécessité de vous séparer de nouveau, et je ne l'ai pas caché à votre fils. Quand on me consulte, moi, je crois que c'est pour avoir mon avis, et je le donne. Je conviens que tous les sentiments qui font le charme de la vie, la reconnaissance surtout, se trouvent d'accord dans le désir que vous avez de posséder promptement Mme Depréval ; mais tout cela peut s'arranger par lettres, et je vous promets que les moyens que j'emploierai pour les faire parvenir sûrement ne vous laisseront aucune inquiétude à cet égard. Mon ami, dit-il en s'adressant à Adolphe, je vous le répète, vous ne seriez d'aucune utilité à Mme Depréval pour ses affaires ; au contraire, le danger auquel elle vous verrait exposé nuirait à la tranquillité dont elle a besoin pour les terminer d'une manière ou d'une autre. Sans doute la solitude dans laquelle elle se trouve est triste; mais vous n'espérez pas qu'elle fera d'abord de vous sa société intime, et je soutiens que l'espoir, la certitude de venir se réfugier dans le sein de Mme de Senneterre, suffira seul pour calmer ses esprits. Vous devez ménager sa délicatesse, et penser à votre mère. Aujourd'hui, je le crois, vous pourriez, sans danger, parcourir la France; mais qui vous répond que demain, dans huit jours, il vous serait possible d'en sortir? Vos diables de Français... — Monsieur Birton! s'écria mon fils. — Oui, oui, je sais que vous n'aimez pas que l'on dise du mal de votre patrie, et vous avez raison. Allons, ne nous occupons que de votre mère. Songez-vous à tout ce que l'incertitude aurait de cruel pour elle, pour ma famille, pour moi, monsieur, qui ai pour vous l'amitié d'un père? Si j'en avais l'autorité, vous ne partiriez pas. Le souvenir du passé me donnerait la force de vous résister, et Mme de Senneterre sera de mon avis. »

—Monsieur, répondis-je, quand je vis qu'Adolphe gardait le silence, je n'ose en vérité avoir une volonté. Le souvenir du passé que vous réclamez avec raison est cependant ce qui m'ôte le courage; je sens trop vivement ce que je souffrirais en sachant mon fils exposé à la vengeance des lois qui le proscrivent ; mais je sens également que, s'il perdait encore une fois, par ma faute, l'occasion d'être heureux, sa douleur me conduirait au tombeau.

— Eh bien ! madame, qu'il accorde les premiers jours à sa mère, à la prudence, à ses amis ; qu'il se contente d'aller attendre Mme Depreval au port neutre où elle peut s'embarquer ; et abandonnons à cette femme, dont l'amitié et le courage vous sont connus, le soin de la conduite qu'il tiendra.

Cet avis était trop sage pour qu'Adolphe pût se défendre de l'adopter ; il me convenait beaucoup aussi ; je pouvais, sans crainte, confier à Suzette le soin de mon bonheur et les jours de mon fils : ce fut donc à ce dernier parti que nous nous arrêtâmes. M. Birton devait retourner le lendemain à Londres avec sa famille. Je remis à Adolphe, qui les accompagna, la lettre suivante, et mes pleurs à l'instant de son départ lui apprirent, mieux que mes discours n'auraient pu le faire, combien ma destinée était liée à la sienne.

Mme de Senneterre à Mme Depreval.

« Comment ma fille chérie peut-elle se croire seule au monde ? Ai-je donc cessé d'exister ? Et faut-il que mon fils soit malheureux pour que

Suzette trouve un asile auprès de sa mère ? Ah ! mon amie, j'ai si souvent regretté de m'être opposée à un mariage qui seul pouvait faire le bonheur de deux êtres en qui reposent toutes mes affections, que vous ne me punirez pas à votre tour par un refus. N'ai-je pas pas assez souffert par le départ d'Adolphe, par les larmes que vous me dérobiez, et dont il m'était si facile de deviner la cause ?

« Mon amie, j'ai lu dans votre cœur, et c'est sur lui seul que je compte aujourd'hui. Vous n'avez encore vécu que pour remplir des devoirs sacrés et pénibles, le temps est venu où ils seront tous d'accord avec votre bonheur. Venez, mon amie, venez recevoir au pied des autels un nom que depuis longtemps ma reconnaissance vous a donné. Nous ne demandons pas de fortune, nous ne voulons que Suzette. Je sens, ma chère fille, combien votre délicatesse aura souffert ; je sais que c'est moi qui devais aller au-devant de vous ; mais il est des situations, et c'est la mienne, devant lesquelles toutes les convenances de société disparaissent invinciblement.

« Suzette, c'est à genoux que votre mère vous demande le bonheur de son fils ; la refuserez-vous, quand vous saurez que ce fils, qui n'a jamais cessé de vous aimer, qui adore en vous celle qui m'a sauvée de l'humiliation, est décidé, si vous balancez un moment, à aller lui-même réclamer votre main au péril de sa vie? Eh bien! ce projet, qui vous fera frémir, a reçu mon consentement; tant il est vrai que la mort nous paraît, à l'un et à l'autre, préférable à la douleur de vivre sans vous. Bonjour, mon amie; c'est Adolphe qui se charge de vous faire passer la prière de votre mère.

« P.-S. Comme votre modestie pourrait vous faire craindre de ne devoir ma démarche qu'à l'amour de mon fils et à ma reconnaissance, je vous dirai que nous avons consulté M. Birton, pour lequel, depuis votre veuvage, nous n'avons rien de caché. Cet homme respectable assure que, fût-il pair d'Angleterre, s'il rencontrait une seconde Suzette, il la préférerait à qui que ce fût pour son fils, mais il n'y en a pas deux. Ce sont ses expressions. »

Adolphe à Mme Dupréval.

« Madame, la lettre de ma mère vous apprendra qu'elle et M. Birton m'ont seuls empêché de braver tous les dangers pour aller tomber à vos genoux. Je ne sais quel espoir m'animait à l'instant où j'en formais le projet; mais, en approchant de vous pour apprendre plus tôt la décision de mon sort, l'espérance s'est évanouie. Comment croirai-je, en effet, que celle que j'ai abandonnée, que j'ai laissé sacrifier, puisse se fier à mon amour, et veuille unir sa destinée à la mienne ? Vous rappellerez-vous, Suzette (pardonnez-moi ce nom qui m'est si cher), que jamais un seul de vos regards ne m'a laissé deviner si vous étiez sensible à la passion du malheureux Adolphe? Ah! si j'avais eu le bonheur de vous attendrir, si mon cœur avide eût pu concevoir la moindre espérance, si un aveu de Suzette eût enchaîné mes pas, je puis le jurer, par tous les tourments que j'ai endurés depuis mon fatal départ, aucune considération n'aurait pu rompre ce que l'amour aurait uni. Mais vous ne connaissez pas ce sentiment impérieux qui embrase l'âme, maîtrise toutes les pensées, et, attachant l'existence entière à celle d'un objet adoré, décide du bonheur ou du malheur de la vie. Vous n'avez jamais aimé, Suzette ; je me le suis répété mille fois depuis notre séparation ; le Ciel semble vous avoir fait naître pour les vertus, pour l'amitié, mais non pour partager l'amour que vous inspirez. Quelle sera donc ma destinée? que deviendrai-je ? que deviendra ma mère, si vous nous abandonnez ? Je n'ose fixer mes pensées sur l'avenir.

« Mais puis-je vous entretenir de moi, quand

votre situation, vos malheurs devraient seuls m'occuper? Ma mère vous offre un asile ; l'amitié qui vous unit ne vous laisserait pas balancer un instant à l'accepter, si elle était seule, ou si j'étais... Suzette, je n'ose achever cette phrase que vous avez froidement tracée dans votre lettre. Moi! marié ! Ah! lorsque les obstacles m'interdisaient jusqu'à l'espérance, j'avais fait le serment de ne jamais lier ma destinée à celle d'une autre femme ; mes souvenirs suffisaient seuls au bonheur et au malheur du reste de ma vie. Cependant, Madame, si ma présence devait nuire à la félicité que vous vous promettez auprès de ma mère, parlez ; pourvu que vous soyez heureuse, il n'est pas de sacrifice au-dessus de mes forces. Vous, Suzette, vous seule, voilà ce qui m'occupe, ce qui m'a occupé et m'occupera jusqu'à mon dernier soupir. Que ne puis-je vous exprimer la pureté de mes sentiments ! j'ose croire que vous en seriez attendrie. Était-ce moi que je plaignais depuis notre séparation ? Était-ce sur mon bonheur que je tremblais ? Oh ! non, mon sort était accompli. Mais je connaissais la délicatesse de Suzette, je gémissais de la crainte qu'un mariage dans lequel elle n'avait pas été consultée... affreux souvenir ! Madame, ayez pitié de moi ; j'attends vos ordres, j'attends avec autant d'inquiétude que d'effroi l'arrêt que vous prononcerez !

Suzette, Suzette, il s'agit de la vie du malheureux Adolphe. »

J'étais restée seule à la campagne, ayant refusé l'offre que M. Bilton m'avait faite de laisser auprès de moi celle de ses filles dont la société me conviendrait le mieux. Il est des situations dans lesquelles la solitude apporte moins d'ennuis que des distractions auxquelles il faut se prêter par complaisance, et qui cependant ne produisent nul effet sur les pensées qui nous occupent sans cesse. Plus j'approchais du bonheur, plus je considérais avec crainte toutes les chances qui pouvaient le retarder ou peut-être le renverser pour toujours. Mon fils m'avait écrit pour m'apprendre que son voyage avait été rapide. Je comptais les jours avec inquiétude; je le vis bientôt revenir, et revenir sans Suzette. Il me serait impossible d'exprimer l'effet que son retour fit sur moi. Il s'en aperçut, et s'empressa de me rassurer en me disant qu'il avait obéi aux ordres de Mlle Depréval. En même temps, il me remit les deux lettres suivantes :

Mlle Depréval à M. de Senneterre.

« Monsieur, j'ai reçu la lettre de madame votre mère, et je m'empresse d'y répondre; je vous l'envoie sans être cachetée, afin que vous ne puissiez pas m'accuser de garder le silence sur la vôtre. Vous n'avez pu oublier depuis combien peu de temps j'ai perdu un époux dont les bontés m'ont souvent consolée dans les malheurs inséparables de la vie. Si j'ai sur vous autant d'empire que vous le dites, vous ne me refuserez pas de porter vous-même cette lettre à ma bienfaitrice. Croyez, Monsieur, que votre projet de venir en France m'a vivement émue, et que je ne me consolerais jamais de vous exposer à un danger dont mon cœur frémit à chaque instant. »

La même à Mme de Senneterre.

« Est-ce vous, ma mère, qui me demandez à genoux de faire le bonheur de votre fils, d'aller vivre toujours, toujours avec ma bienfaitrice? Moi, Suzette, qui me serais trouvée trop heureuse de vous servir, et qu'une seule de vos caresses suffit pour consoler dans l'adversité! O Madame! vous dites que vous avez lu dans mon cœur. Hélas! je craignais d'y lire moi-même, et je sens trop qu'il est des sentiments aussi impossibles à vaincre qu'à dérober à l'œil de l'amitié. Je ne me pardonnerais pas ma faiblesse, si la bonté avec laquelle vous m'appelez votre fille ne m'apprenait que du moins j'ai fait tout ce qui était en ma puissance pour accomplir mes devoirs envers mon époux; l'approbation de Mme de Senneterre, plus que mes propres réflexions, m'empêche de rougir de moi-même.

« Sans doute, vous le connaissez bien le cœur de Suzette, puisque, trop sûre des sentiments qui l'ont toujours occupé, vous avez craint qu'elle ne refusât d'aller vivre auprès de vous. Mais, Madame, sans croire aux éloges que votre bonté me prodigue, je ferai taire tout ce qui m'est personnel, pour vous assurer qu'un ordre, un désir de ma mère, seront toujours la seule règle de ma conduite. Suzette ira se jeter à vos genoux, et vous remercie de vos bienfaits. Mais, Madame, trouverez-vous extraordinaire que j'exige que votre fils ne m'attende pas, et que je vous prie de venir au-devant de moi jusqu'à Londres? J'ai besoin de vous voir seule, ou du moins au milieu de la famille de M. Birton. Je compte tellement sur votre complaisance à cet égard, que je n'attendrai pas votre réponse. N'osant de même prévoir ce que fera M. de Senneterre, je suis très décidée à ne pas l'instruire du lieu où je m'embarquerai, et il aurait d'autant plus de tort de venir à Paris en ce moment, qu'il ne m'y trouverait pas. Je ne sais quand j'y reviendrai; je ne sais même si j'y reviendrai avant mon départ.

« Adieu, ma mère, ma bienfaitrice; adieu pour

bien peu de temps encore; et alors, toujours à vos côtés, celle que vous avez élevée jusqu'à vous apprendra, par votre exemple, à se faire aimer de tous ceux qui auront attaché leur destinée à la sienne. Ah! Madame, comme mon cœur s'agite à cette idée! Est-il vrai que je pourrai faire son bonheur? »

— Toujours, Suzette! m'écriai-je après avoir lu sa lettre.

— Ah! oui, ma mère, me répondit Adolphe, toujours la même; ne sacrifiant rien à l'amour, et cependant forçant celui qui l'aime avec idolâtrie à respecter ses volontés, à l'admirer jusque dans ses rigueurs. Telle elle était il y a sept ans, telle elle est aujourd'hui.

Nous partîmes pour Londres la semaine suivante; Adolphe croyait avancer le temps en cédant à son impatience. Enfin le jour heureux arriva, et nous eûmes le bonheur d'être tous réunis. M. Birton et son épouse se firent un plaisir de présenter Suzette aux autels. Sa modestie, sa sensibilité, et les grâces répandues sur toute sa personne, justifièrent promptement les éloges que nous lui avions donnés.

Avant de quitter la France, elle avait assuré le sort d'Augustine et de son mari; elle avait transigé avec les héritiers de M. Depréval, et sa fortune, dont mon fils lui abandonna l'entière disposition, fut placée dans la maison de l'honnête négociant qui lui servit de père à son mariage.

Nous retournâmes bientôt dans l'habitation que j'avais achetée des débris de mon ancienne opulence. C'est là que, entre l'amitié, l'amour, tous les sentiments qui attachent à la vie, Adolphe, son épouse et moi, nous jouissons d'une tranquillité achetée par tant de larmes, ne regrettant ni les richesses, ni les rangs, si souvent pénibles par les devoirs qu'ils imposent. Suzette, oubliant que nous lui devons le bonheur, se conduit comme si elle nous avait l'obligation de celui qu'elle éprouve, et, par toutes ses actions, nous force à répéter chaque jour avec un nouveau plaisir : *Toujours, toujours Suzette.*

Didier et Méricant. Éditeur, 1, rue du Pont-de-Lodi, Paris.

NOUVELLE COLLECTION ILLUSTRÉE à 20 CENTIMES LE VOLUME

Ce que nous voulons : publier sans coupures et en respectant le texte des éditions originales une collection d'ouvrages d'élite, généralement d'un prix inabordable, parce qu'ils sont extrêmement rares, les rendre accessibles à tous par la modicité de leur prix, bien qu'ils soient édités avec le plus grand luxe.

Les grands écrivains des XVIIe et XVIIIe siècles y occupent une large place. Il était de toute justice de laisser aux maîtres de la littérature le rang que leur a assigné l'admiration de la postérité. Mais nous avons voulu que les grands écrivains de notre siècle, qui n'a pas toujours été inférieur à ses devanciers, y figurassent pour une part assez considérable par leurs œuvres. La liste que l'on trouvera plus loin montrera que nous n'avons exclu personne.

Il nous a paru curieux de réunir en une série de petits volumes d'aspect charmant, imprimés avec le plus grand luxe, sur beau papier, richement illustrés, les chefs-d'œuvre littéraires de tous les temps et de tous les pays.

Nous appelons l'attention des amis des beaux livres sur les illustrations qui ornent ces petits volumes. Malgré leur prix minime, ils sont chargés de jolis dessins dus au pinceau de nos premiers artistes, et ils ne dépareront aucune bibliothèque.

Il paraît un volume toutes les semaines depuis le 1er Mai 1897. Chaque volume se vend séparément.

NOS PRIMES

OUVRAGES DE LUXE :

L'IDÉAL

PAR

Armand Sylvestre — Maurice Bouchor
Jacques Madeleine — Catulle Mendès
Villiers de l'Isle-Adam
Abraham Dreyfus - Théodore de Banville
René Maizeroy — Guy de Maupassant
Edouard Lockroy

Ce volume du prix de **6 FRANCS** *contient un très beau portrait de*

ARMAND SYLVESTRE

GRAVÉ A L'EAU FORTE PAR A. ABOT

A tous nos lecteurs nous envoyons FRANCO

L'IDÉAL

contre la somme de **2 FRANCS**

www.ingramcontent.com/pod-product-compliance
Lightning Source LLC
LaVergne TN
LVHW012017220826
846092LV00001B/383
* 9 7 8 2 3 2 9 7 5 6 2 2 6 *